洪範文學叢書 306

忠孝公園

陳映真小說集 6〔1995–2001〕

陳映真

洪範書店印行

目次

歸鄉

太極拳

連日來，卓鎮三介宮後面的公園裡忽然來了一個「太極拳打得極好的老頭」的消息，很快就傳遍了卓鎮的早覺會。據人說，有一天清早還不到五點半，三介宮公園的草坪上，照例有許多早覺會的中老年人，打拳的打拳，練功的練功，慢跑的慢跑。但是，不知不覺間，散落在公園各角落，照常練太極拳的一些人，都被老樟樹下一個灰白頭髮的老頭的拳式所吸引。

「沒見過人打太極拳，打得那麼沉穩、圓活。」

卓鎮唯一的一家機車行的老闆張清說。他是早覺會的領袖之一。他有一張灰色的方臉，濃眉大眼。早覺會聘什麼老師練什麼功，都透過他計劃張羅。早覺會裡有一班人打去年春天起開始練太極拳，也是張清去請了一個白鬍子福州人老頭教了三個月。其中，張清練得最勤，最起勁。

「你看他一式接一式，連貫得多順暢，流水似的。」退休快兩年的郝先生說。

自此而後，每天清晨，在三介宮後壁公園的草地上，凡練著太極拳的老老少少，竟不約而同地在老頭的身後，靜謐、虔誠地跟著老頭從「攬雀尾」接「單鞭」之式，雙手順纏，內向合抱而成「提手上」式，然後接上「白鶴亮翅」……

第四天，一套十八式拳二十來分鐘打完了，張清就趨前向灰白頭髮的老頭說：

「這位師父……」張清瞪大眼睛，謙和地說：「我們從來沒見到過你呢。」

「呃，」灰白頭髮的老頭有些靦腆地說。

天色開始明亮起來，照得半山的相思樹林婆娑生姿。白頭翁遠遠近近地叫著。幾個玩畫眉的人掛在矮樹枝上的、覆蓋著鳥籠罩子的籠子裡，傳出凶猛地爭吵一般聒噪的叫聲。

「這位師父……」張清說。五、六個原只默默地、崇敬地隔幾步圍著的人們，受到張清搭訕那灰白頭髮的老頭的鼓舞，都圍攏上來了。

「不敢當。」老頭說，「叫師父，不敢當呀。」

「這位師父，」張清自顧說，「我們才學太極拳不久。看你提腿、收腿，雙肘內纏、外纏……我們全看傻了。」

「哪裡話。胡亂比劃，鍛練身體。」老頭說。他發現他被五、六個熱心於太極拳的陌生人圈起來了。「年紀大了，不鍛練，不行。」他有一些不知措手足地說。

人們於是開始提問。問什麼是「意欲向左，必先右去」，什麼又是「前去之中，必有後撐」。出人意外，那灰白頭髮的老頭竟說不出個太大的道理。但他的身體示範，卻生動而更富於說明。他先把右腰落實，右胯微微向右旋轉扎實，把整個重心落到右腿上，而後左足輕提開胯，隨之徐徐邁出右足……

「高呀。」郝先生看著老頭示範，由衷地說。

「在太極拳裡，有很多上、下，左、右，虛、實，開、合……」老頭說，「這些完全對反，卻又互相結合的觀念和動作。」

張清他們簇擁著老頭兒，緩步走到相思樹林邊一個早點攤子。

「師父，我們請你用早點。」張清說，「一定要賞光。」

「不了。」老頭有些詫異地說，「我謝謝大家。」

「雖然不是每天，我們常常在這兒用過早點才走。」郝先生說，「師父您，不要客氣了。」

說著，五、六個人挑了一張大圓枱子坐下了。不一會，早點攤的老朱端上來小籠包、燒餅和豆漿。正吃著早點，張清忽然說：

「這些天來，我們私下都在說，再叫一個班，跟師父學……」

「噢喲，那不敢。」老頭把要送進嘴裡的小籠包放回小碟子上，慌忙地說。

五、六個人都把筷子擱下，誠心應和著要拜師學藝。三介宮公園裡要趕著上班的人，三三兩兩地走了，另外上來了顯然沒有職場生活的羈絆的人們。然而太陽已經遠遠地露了臉，天光越發明亮。

「我那一招半式，怎麼能教人？」老頭憂心地說，「況且……」

「老師父，」張清說，「對了，老師父怎樣稱呼？」

老人沉默了片刻，一抹輕微的陰影快速地掠過他那滿是風霜的臉。

「我小姓，姓……楊，」他說，「單名一個斌字。文武斌……」

「楊師父。」張清說。

「我，是個外地來的人，並不久住。」他說，「各位抬愛，我說謝謝……」

「楊師父不知道打什麼地方來？」郝先生說。

「遠了。」楊斌老頭笑了。他說，「不叫師父，叫老楊。」

「能有多遠？臺灣這麼個巴掌大的地方。」郝先生笑著說，「最北，基隆，從咱這兒，三個半小時的自強號火車。南到高雄，一個多小時公路局國光號。」

「其實，國家不在大小。」張清的灰色的臉上堆滿了蓄意的笑容，「不在乎大小啦，只在於，有沒有那個……主體意識，有沒有命運共同體的觀念。」

即使是外地來的楊斌老頭，這時也感覺到空氣中有極輕微的僵硬感。郝先生沒收起臉上的笑意，卻沒說話。張清的女人素嬌抬起戴著精細金飾的素白的手，在空中搖了搖，說：「一刻鐘不談政治，男人準會憋死。」

包括張清和郝先生在內的人全笑了起來。張清這幾年來特別喜歡談「臺灣的主體性」、「命運共同體」。他還喜歡談「吃臺灣米，喝臺灣水」就應該「愛臺灣」一類的話。然而，這早覺會的算是強韌的團契感，始終沒有讓張清和郝先生之間偶發的爭論，影響了早覺會基本上的和諧。其中，張清的女人和郝先生的太太——人稱郝媽媽——及時的排解，就起了挺大的作用。

「楊師父，在我們卓鎮，可以待多久？」張清的女人說。她一身名牌運動裝，把人襯托得年輕而充滿活力。「楊師父能待多久，這才是重點，是吧？」她說。

「唉，張太太腦筋多麼清楚。」郝先生說，「老張有個了不得的婆娘。」

張清笑了，把燒餅屑噴在自己的運動衫上。張清的女人用手帕撣著張清身上的餅屑，一邊抱怨，「每次吃東西，弄得一身，直像小孩一般。」

「我待在這兒，時間不長。」楊斌老頭說，「短則一個把禮拜，長也不過個把月。」

「給楊師父拜師的事，不急著今天說定，對吧？」張清說。

「讓師父多考慮幾天。」郝媽媽說。

楊斌只顧喃喃地說他從來沒教過學生，說時間上也不允許。郝先生忽然說：

「楊師父哪兒學的工夫？準定是高人傳授。」

「也沒。」楊斌老頭沉吟著說，「我跟一個營長學的。」

楊斌當時還只是個未滿十九歲的、骨瘦如同柴棒似的小伙子。一九四七年七月間，國軍七十師在山東的六營集被共軍打垮了，師長陳頤鼎在仗還沒開打就淪爲共軍的俘虜。當時楊斌在七十師原一三九旅下一個營部當兵。在六營集垮下來以後，原七十師一三九旅編到杜聿明集團軍，在一九四九年一個天寒地凍的春天裡，全軍覆滅。杜聿明被俘，邱清泉戰死——小兵楊斌跟著一個團一個團投降的國軍被俘了。「起義」的團，受到共軍的優遇，不久全團送到石家莊集中。共軍不知什麼緣故，把年輕的楊斌安排去服侍趙營長。

楊斌記得，這趙營長很少言語。平時除了讀些共軍發給他的小册子，就是在一棵老槐樹下打太極拳。楊斌小伙子在屋簷下站著隨侍。那是一個大宅院子，主人估計都逃走了。共軍在這兒安排幾個被俘的國民黨旅長和營長住著。趙營長打起太極拳時，這種著幾棵老槐樹的院子，顯得尤其之安靜，只聽得冬天的朔風打老槐樹的樹梢吹過，發出裸袒的槐樹枝在風中顫動的悉悉索索的聲音，時不時飄落幾片枝椏上的殘雪。

有一個早上，楊斌照常看著趙營長從容地跨好馬步，突然若有所思地收起步，緩緩轉身看著讓朝陽在青灰色的土牆上拉著長長的影子的小伙子楊斌。他於是慌忙站好了立正的姿勢。

「你離家千萬里，流落在他鄉，」趙營長面無表情地說，「要下決心，活著回家，見爹見娘。」

「……」

「那就得鍛鍊。」趙營長說，「沒有事，就跟在我後面學。站著也是站著。」

趙營長回轉身去，背著楊斌重新站好馬步，緩慢地打開了拳式。楊斌有些嚇著了。看著趙營長推手、抬腿，他只能木鷄似地楞站著。但營長彷彿說說就算，從不促責。戰戰兢兢地觀察了十來天之後，楊斌才在營長的身後邊看邊送手旋腿。

「跟營長後頭胡亂比劃，不想就打了半輩子。」楊斌笑著說，「治病，也健身。」

「這位營長就從不曾指點指點嗎？」郝媽媽說。

「指點的。」楊斌老頭說，「都一個多月了，營長才正眼看我打拳。教我下蹲時襠高不可低於雙膝；教我如何以手引肘，以肘領膊；教我向前抬腿時，要先提大腿，把勁道都收集在膝蓋上，然後舉起腳跟子……」

「他老人家練得早。根基打下去了。」郝先生對張清說，旋又面向著楊斌說，「那時你年輕。部隊剛來臺灣，個個都是小伙兒。」

「那時，我十九、二十，國民黨還在大陸。」

「那麼年輕，就當兵打仗喲。」張清的老婆說，「師父的太極拳竟不是來臺灣才學的。」

楊斌沉默了。他忽而不想提臺兒莊的事，於是索性不說，含糊了過去。早點攤子的生意漸漸疏落了，老朱端上一大盤水煎包，也拉了一把凳子坐下。

「這一盤，我請的客。」老朱笑著說。

「這哪成？」張清的女人說，「生意歸生意。」

「唉！別說這些。早上的生意做過了，剩下的。」老朱以粗啞的嗓子說，「這位師父不嫌棄，算是老朱我請師父嚐嚐。」

楊斌老頭欠身道謝，老朱早把白泡泡的煎包挾到楊斌跟前的小碟上，並且用筷子把煎包皮挑開，現出粉紅色的肉餡，一股肉香和蔥香飄散開來。

「這位師父……」老朱說。

「師父姓楊。楊師父。」張清說。

「楊師父。你嚐嚐。」老朱說，「我的水煎包，每天早晨，總要賣個二十來鍋。」包括楊斌在內的五、六個人，都開始動筷子吃老朱的水煎包了。

「皮沒那麼厚。肉餡兒新鮮、實在。」郝媽媽邊吹氣，邊說著，「老朱的水煎包子，出名的。」

「楊師父，敢問你一句……」老朱說。

「包子好吃。」楊斌老人說，放下了筷子，從桌上的面紙包抽出兩張淡紅色的棉紙，抹著嘴邊的油漬。

「楊師父……」老朱說，他把肥胖壯實的兩個胳臂抱在胸前：「我敢問你一句……」

「叫我老楊。」

「您府上在什麼寶地？」老朱說。

楊斌老頭沉默了半晌，忽然說：

「臺灣。」

一桌的人一時沒回過神來，都詫異地看著楊老師父，又繼而面面相覷。

「臺灣，宜蘭……」楊斌平靜地說。

「楊師父愛說笑。」大家詫奇地靜默了片刻，張清終於堅決地說。

楊斌老頭笑了。其他的人像放下一顆空懸的心似的，也高興地笑了起來。

「楊師父，說笑的啦，我一聽就知道。」張清說，「臺灣人？說幾句臺灣話來聽聽。」

「都忘了。」楊斌老頭搖著頭說，彷彿連自己也不相信自己的說辭。

「是臺灣人，怎麼可能忘了臺灣話？」張清和郝先生都笑了起來，「師父是說笑的。」

「如果是臺灣人，楊師父這個年紀，準會說日本話。」張清的女人說。

張清的女人說她新近在一個日語班學日本語。「哇他庫西哇……」她開始不無得意地用剛學的、生硬的日本話，嘰哩呱啦地說「我是臺灣人」。

「楊師父聽得懂嗎？」張清的女人開心地笑了起來，她說，「楊師父要眞是臺灣人，就教我們幾句日本話。」

「也都忘了。」楊斌老頭安靜地微笑著說。

一桌的人如今都確定楊斌師父開了一個玩笑。這玩笑一場，大大拉近了大夥和楊斌老人的距離。張清就想，距離拉近了，對於改天再央請楊師父收徒教拳，保證是有利的。

「楊師父眞叫人笑。」張清的女人說。

「可說到底，楊師父是什麼地方人？」老朱收起了笑意說，「方才聽你們聊天兒，覺得老師父的口音很特別，不知是大陸什麼地方的話。北方話吧，不全像。南方話？想不起哪裡人的口音。」

「大陸地方大的喲。」郝先生歎息似地說。他在桌子上用手指劃了一條線，「一個地方，單是隔著一條河，翻過一個山饅頭，講的話就叫你瞪眼，一句也聽不懂。」他說。

「河南。」楊斌說，「河南，吳台廟。」

「沒聽見過。」老朱說，「不過，這麼說來，你的口音還是北方話了。我料定也是。」

「靠鄲城很近。」楊斌老頭說。

「哎，鄲城我就知道了。」老朱說。「我有個堂叔，在整編七十師幹副營長。那年七月，七十師開往山東魚台、金鄉待命嘛。沒幾天，命令下來了，部隊叫開往鄲城增援……」

「你說的是鄲城，不是鄲城。」楊斌抬起頭細看著老朱，「那是一九四七年七月。」

「是民國三十六年七月份。部隊還沒到，鄲城就叫共產黨打下來了。」老朱自顧喋喋地說，「我那堂叔說的，在半路上，大部隊前頭發現了一輛大車，陷在泥巴路上，動彈不得。車身上下，全是泥漿。」

老朱說，他那副營長堂叔說的，有個團長氣急敗壞，漲紅了臉，老遠騎著馬衝上來。「我×你媽的，老子斃了你！」團長拔起手鎗怒聲喊著，「誰的車子擋住了急行軍！」老朱說那泥巴車上坐著一個人，失神落膽，不言不語，全身是半乾不乾的爛泥巴。一個司機拼命在車上發車，三個抖顫顫的兵在後面使勁推車。

「司機跳下車來了。撲通！跪在那團長跟前，我那堂叔說我聽的。」老朱說。「司機說，鄆城垮了。車上是從鄆城突圍逃出的五十五師一個旅長。」

老朱搖著頭說，一個旅長該有多威風。但老朱那副營長堂叔告訴他，那旅長有多麼落魄狼狽就有多落魄狼狽。

「就是那個鄆城是吧？」老朱說。

「不是山東西南的鄆城。」楊斌說，「是河南東端的鄆城。你說鄆城，莫不是在七十師待過？塔山那一仗，慘！」

「唉，都別提了。」老朱歎氣了。他說，「這還早哩。隔一年，咱們幾十萬大軍，硬就全栽在天寒地凍的華北戰場。」

「楊師父，還說是臺灣人哩。」張清說，笑了起來，「臺灣人哪來你這身經百戰的老兵？」

張清於是帶著輕微的嘲諷，說他當年在部隊當充員兵時，「外省老班長，凡是幾杯米酒下了肚，就開始從北伐、抗戰說到剿匪。」張清說。

「打仗，苦哎。」老朱低著眉說，「臺灣人，光是沒經過戰亂這一條，就叫做幸福。」

清晨來三介宮後面這一塊公園來做運動的人們，現在幾乎都走了。老朱的大女兒開始收拾早點攤子。陽光從相思樹林細碎的葉子縫裡灑在他們的枱子上。

「其實，臺灣人也有國民黨老兵……」楊斌老頭忽而說，彷彿有一層輕輕的傷感，「而且人數還不少。一樣的。一樣地吃了千辛萬苦。」

不用說是張清夫妻，就連郝先生公婆倆也從來沒聽說過臺灣人和國民黨老兵扯得上什麼關係。

「我在臺灣也半世人了。」張清瞪著狐疑的眼睛說，「大半輩子，就沒見過一個臺灣人國民黨老兵。」

「一九……不，民國……三十五年。」老楊師父彷彿在心裡翻著公元和民國對照的一本帳。他說，「七、八月間，駐紮在臺灣各地的國軍七十軍和六十二軍開始招募臺灣兵員。」

「這就不怪我不知道了。」郝先生說，「我們是民國三十八年來臺灣的。」

「民國三十五年，哈，我還沒生下來呢。」張清望了望自己的女人，說，「我是民國四十三年次的。」

老朱他女兒把一桶洗碟洗筷的水提著，走到公園花畦上細心地澆著水。郝媽媽就常誇老朱這個閨女好。她說過，老朱這女兒照顧那花圃能那麼耐心，那麼溫柔，「將來也準能把她男人，她一家子捧在手心上疼。」她這麼說過。

「臺灣人憨忠啦。日本精神害的。」張清說，「什麼人來當家，臺灣人就給誰當兵……」

張清接著說，他聽他老爸說過，日本打敗仗前兩三年，臺灣人還爭著給日本人當志願兵，爭不到還埋怨。

「你說這，我想起來了。是民國三十五年那個秋天。有一家人，把他們家壯丁送到我們營部來。他們的朋友、家人還撐著白布條旗，寫『精忠報國』，寫『祝某某君出征』。」

老朱說，連、營長看了這，都傻了眼。大陸上，兵員是用槍桿子拉了來的。老朱皺著眉目說，「我自己就是這麼拉伕拉來當兵的嘛。」老朱忽然在喉嚨裡詛咒了：「這亡國滅種的。」

「老朱生氣了。」張清的女人心細，聽見老朱咒人，不免擔心。

「當時臺灣人入伍，也不能說全是興高采烈，戴花披紅的。」楊斌老頭似乎不無感傷地說，「窮，沒飯吃，是臺灣青年踩進國民黨軍營的一個主因。」

張清和他的女人以驚訝的眼睛看著老楊師父。張清知道從前的人窮。這是他阿爸過去常說的。然而，對於張清和他的女人，窮也者，大抵是這樣、那樣的東西比現在欠缺，但何至於飯都吃不上呢？

「臺灣別的沒有，就是不缺大米不是？」張清說。

張清說著，忽然間他心中有個燈泡亮了起來。他認眞地對自己說，米倉臺灣居然缺米，這正是「國民黨中國人統治臺灣」的惡果。但他沒有作聲。郝家、老朱都是外省人，但都算熟朋友。何況這楊斌老師父也是「中國人」，以後還要不要人家開班授拳？

「招募兵員的告示寫著：月餉四百五，每天兩頓大白米飯，還保證只戍守臺灣，絕不派調到大陸。」楊斌說。

「還說，兩三個月結訓回家後，公家給介紹到機關工作。」老朱小聲說，而後哼哼地冷笑了起來。

楊斌深深地看了老朱一眼。他喁喁地說：

「老朱兄弟，你待過整編國軍七十師了。」

「不提這些，」老朱苦笑了，「提這些做什麼？哪個師、哪個團，到頭來不全一樣？垮了。」

「是啊。幾十年了，我想也不願意去想。不就是這位張先生老弟問：臺灣人哪來國軍老兵？」楊斌老頭緩緩地說，「臺灣人老兵，吃大半輩子的苦——我親眼看見的。」

楊斌老頭說，臺灣青年進了軍營，配了軍裝，發了槍枝裝備。他說，每天胡亂上上操，兩餐大白米飯，像澆過大肥的莊稼，三、四天工夫，這些臺灣小伙們精神了，臉上也悄悄地紅潤了。

「而後有一天，部隊裡宣布行軍演習，要臺灣兵打包結實，不帶武器，急行軍到高雄。」楊斌說。「而一到了高雄，天色已晚，街道的兩傍，淨是真槍實彈的外省兵，一路戒備到高雄港。」

「我簡單說吧。一上軍艦，他們就把臺灣兵往底艙趕……」楊斌說。

楊斌說，有幾個腦筋機靈的臺灣兵，猜到了這是送往大陸打仗了。驚悚的耳語在黑暗窒悶的船艙中滲水似地傳開。

「小伙子們都開始哭。」楊斌說，聲音有些作哽。

張清的女人眼眶紅了，眼角分明閃爍著淚光。

「亡國滅種喲。」老朱唱歌似地說，聽來悲傷多於忿怒，「咱中國人當兵，這種事，說不完的。」

「後來呢？」張清的女人說。

「後來，」老朱搶著說，「到大陸打共產黨嘛……」

楊斌老人沒說話，低著頭把涼了的小半紙杯的豆漿喝了。老朱的閨女開始用抹布擦早點攤的幾張枱子。太陽更大了。秋天早上的風，叫半山的相思樹溫柔有致地搖曳著。白頭翁早飛遠了，不知在什麼地方迢迢地聒噪著。

「連年戰亂，中國人遭多少罪。」郝先生說著，抓起椅背上掛著的自己的手杖，掏錢包跟老朱算帳。凡有一塊吃早點的時候，他們輪著會帳，因此郝先生掏錢，就沒人攔他。

「你找阿鳳算去。」老朱說。

遠遠看見她郝叔叔從皮夾裡抽出來的是一張五百元鈔，阿鳳敏捷地握著一把零找，接過那五百元大鈔，把零找給了郝先生。人們都站起來了，知道早餐碰頭的時光已過。

「楊師父，」張清說，「明天你還來不？」

「來。」

「那好。」張清的女人高興地說，「你在這兒待幾天，我們跟你學幾天。」

「臺灣人老兵，哪天叫我眞碰見一個就好。」張清虔誠地說，「我一定帶他回家，好好款待他吃頓飯。」

張清的女人默默地把手勾住張清的胳臂彎。

老朱說，「你們好走。」

而他於是坐在凳子上，沉默地望著五個人緩步走下公園的下坡石頭路。

「爸，收好了，回去吧。」阿鳳開心地說，把帶輪子的早餐攤推了兩步。

老朱沒有則聲。他默默地看著遠去的五個人，從上衣口袋掏出一包香菸，像一隻鳥一般啄起一支雪白的菸，用打火機點上。他終於看見楊師父忽然一個轉身，一邊和另外四個人揮手，一邊回頭快步向老朱走來。

「老朱，看見我一副老花眼鏡沒有？」楊斌說。

「這不是？」老朱從他上身口袋拿出了一副舊老花眼鏡。

「謝謝。」楊斌老人說，笑了起來。

「我把你的眼鏡收起來，」老朱說，「好單獨跟你說兩句話。」

「……」

「我估計你是七十師的。」老朱定睛看著楊斌說，「整編七十師。」

楊斌沒有答話，但一望而知他的無聲的回答，是明白不過的肯定。

「我是六十二軍。」老朱說，歎息了，「我這麼說，你就明白了。」

「哦。」

「你住處離我家才兩、三條巷子。我看見過你出入。」老朱微笑了，「你要歡迎，改天到你府上，說說往事。」

「那歡迎。」

「六十二軍、七十師，全垮了。」老朱黯然地說，「能留下一條命活到今天，就不容易。」

「那是。」

楊斌於是轉身要走。「你知道哪一家嗎?」他說。

「知道。」老朱說，「不就是樓下開一家家庭式理髮店那一家?」

「對了。那你按三樓的門鈴。」

「好咧。」老朱說。

天下父母心

過了三、四天，老朱果然去找楊斌老人。楊斌開了門，看見爬了三層樓的老朱有些氣喘。

「請進來。」楊斌說。

「年齡大了。爬幾層，就喘氣。」老朱說，彷彿對他自己、或者對楊斌感到歉意似的。

楊斌把老朱讓進了客廳。客廳有些幽暗。楊斌說，「要不就小站一會兒，喘過了再坐。」但老朱早已經一股腦兒重重地坐在墊著紅色椅墊的籐椅子上了。楊斌看著還在微喘著氣的、把幾乎全白的頭髮理成平頭的老朱，才想到自己上這三層樓還像走路似地利落。練練拳腳還眞有用處，楊斌老人想著，坐到了老朱的對面。

這時裡屋出來了一個高個兒年輕人，端著一個茶盤。茶盤上是一壺熱茶和兩個瓷杯。他安靜地把茶盤擱在茶几上。

「這是小侄。」楊斌對老朱說，而後對老朱攤著五指，向他侄兒說，「這位是朱……就叫朱伯伯吧。」

「朱伯伯。」青年說。

「不敢當。」老朱笑著說。

「叫朱伯伯，應該不會錯。」楊斌說，「估計你該當比我大一點點。」

高個兒青年對老朱木訥地笑著，露出一排結實的白牙。

「朱伯伯，您們坐。」青年說，「我去改簿本子，不陪著你們了。」

「侄兒是個老師了。」老朱對楊斌說。

「那天說，一九……噢，民國三十五年底，七十師打高雄上船開往徐州，那會兒我小，才十九出頭。」楊斌說。

「就那年九月，六十二軍打基隆港上船開往秦皇島，我已經二十二。」老朱說，

「說是二十二，都叫二十三了。」

楊斌爲老朱倒茶。老朱喝了一口，就知道楊斌這屋子裡的人不考究喝茶。

「你們是九月就走了？」楊斌說。

「比七十軍早。我們一走，全臺灣島的防務不都撂下來給七十師的嗎？」老朱說。

「噢。」

「那天我不是說過，有一家子臺灣人，披紅掛綵，把壯丁送到咱營部來嗎？」老朱說，「那小伙，叫王金木。」

楊斌再爲老朱的茶杯倒滿了茶，沒說話。

「咱中國人講金木水火土嘛。呃，有人就叫金木。」老朱說，「還有，一家子人把自己兒子高高興興送來當兵。這是把親人往死路上送不是？這就叫你記住了這王金木。」

「都是鄉下農村的青年。」楊斌感歎似地說。

「那天，在我早點攤子上，你不是說臺灣的當時，窮呀，吃不上飯，因此有許多臺灣人來當兵，圖的主要就是兩餐飽飯。」老朱說，「但王金木不太一樣。」

老朱說王金木家是個殷實的自耕農，種著一甲不到的薄田。日本人打敗那年，王金木還差一年就從「農業的高中畢業。」老朱說。

「那叫農業專門學校。」楊斌說。

「王金木來當兵的理由，只爲一條：學好國語。」老朱狀若驚詫地說，彷佛他在五十多年後還不能理解王金木的這個當國民黨兵的原由。

「招募兵員的告示上不就說嗎？入伍當兵，可以免費學國語，有薪水掙，三個月退伍，保證退伍後有工作……」

楊斌帶著某種不屑的口氣說。但老朱不曾注意到楊斌的臉上掠過一層淡淡的惱怒和哀愁。

「一九……民國三十五年底，把臺灣兵送到江蘇徐州，人地生疏。臺灣兵講的話，人家一句不懂；」楊斌說，「人家講話，臺灣兵只會焦急地瞪眼。可憐。」

楊斌歎息了。他想起了當時在連隊上的一些臺灣青年。爲了學國語鑽到軍伍裡來的，何止是王金木！穿著並不合身的軍裝，這些青年都在想，日本天年盡了，祖國天年來了。將來退了伍，分配了工作，就得會說國語、會寫國語……在貧窮、殘破的戰後，那是個多麼幸福的夢想。

「部隊要開拔到基隆港的前四天，我在營區門房守衛。我忽而看見有一位矮小、硬朗的老頭，怯生生地往營房門口走來。」老朱說，「他要求和他兒子王金木『面會』。」

老朱說，語言不通，老頭在會客室登記本上寫「王金木」。「這我看懂了。」老朱說，「想起了他把他兒子打鑼披紅地送進來時，就是這老頭走在最前頭，笑咪咪地……」老朱又說老頭再寫「面會」，他就摸不清了。

「會見。」楊斌說，「他要求會見他兒子。」

「可不是？」老朱說，「我把『面會』倒轉過來，就成了『會面』。」

老朱說，等他弄明白王金木他爸想見兒子，他忽而變了一副臉孔，把槍端在胸口上，一面惡狠狠地搖手。

「你知道的。部隊移動之前幾個禮拜，我們外省兵都得到密令，要對臺灣兵絕對保密。」老朱說，「誰走漏消息，誰挨槍斃。我連長說的。」

王金木他老爸一臉驚慌和迷惑，老朱說。他端著槍，急了，胡亂在會客登記本上寫：「十日後來」。老朱說，老頭看了，整個臉都笑開了，又鞠躬，又道謝。老頭然後把一個裝著橙黃中帶著暉紅的七、八個桶柑的小布袋，恭謹地交給了老朱，手指頭不斷地點著他方才寫在會客登記本上的「王金木」。

「老頭兒走了。」老朱說，「我卻待在衛兵亭子裡。眼淚大顆大顆地掉。」

「你哭了?」楊斌不解地說。

老朱說王金木的老人家叫他想起他離家當兵的經過。那一年的秋天，連著好幾天，鄉長著人打著鑼宣傳，說個什麼時候，城裡放映電影。

「他說電影有多美。大美女在布幕上唱歌。」老朱回憶著說，「我那老娘特別慫恿我去。你一年到頭，都只顧著田裡園裡的活，也趁這一回到城裡玩去，我娘她說。」

那天一到，村子裡的人有的走路，有的撐船進城看電影，像趕著去看年節的大社戲似的，老朱說。在城裡國軍團部一個大禮堂裡頭，人擠得滿滿地。老朱說：

「那是個秋天的晚上吧，你覺著有一些涼意。電燈關上了，接著在黑暗中打出一道青光，在大禮堂的白布幕上果然就照出一個大美人，也說話，也唱歌，把禮堂裡的人們都樂的。」他說，「也不知如醉如癡地看了多久，啪！電燈全亮了，亮得刺人眼睛。人們定睛一看，禮堂講台上衝上來七、八個眞槍實彈的兵爺。再一看，整個禮堂早被槍兵重重包圍。」

小伙子老朱和其他百八十個壯丁，全被國民黨連銬連綁地帶走。「連夜被十幾輛美式軍車拉走了，強迫你給國民黨當兵。」老朱說著，沉默了。

過了一會，他說軍車全蓋著密實的帆布車篷。每輛車都由幾個全副武裝的兵爺，右食指緊緊扣著板機押著。車上有幾個小伙先哭了，輕聲喚著爹、喊著娘。老朱說著，伸手在左胸口袋裡摸香菸。

「不抽菸的人就不知道給客人備菸，你看。」楊斌歉然地說，「我去找一個菸灰缸你用。」

老朱給自己點上菸，深深地吸了一口。楊斌從他侄子的書架上找到一個舊菸灰缸。老朱一時默然地抽著菸。楊斌這才注意到那瓷做的舊菸灰缸裡塑了一條在池塘上泡水，牛背露在水面上的水牛。

「王金木他家老人留下一小袋柑橘，我就想起我娘了。」老朱說。「我爹早故。那回是我娘他千方百計慫恿著我上城裡。在軍車上，我就想，這一下，她老人家怕永遠不原諒自己了。她怎麼受得了……」

老朱說，十天以後，王金木他家的老人家來營部，發現他兒子王金木被帶走了，如果說會痛得像心肺被剜了一塊肉，他還不知那塊痛肉被扔到哪兒了。

「這亡國滅種的。」老朱低下頭說，「而我竟也幫著人家把父子拆散呀。」

「說來，你也不能不那麼辦……」楊斌帶著安慰的口氣，張著長了眼袋子的眼睛說，「我們七十師，在……三十五年十二月的一天，駛離高雄港。離港不久，就有兩個臺灣兵從上下船錨的大洞鑽出去，跳進黑壓壓的大海。沒多久，甲板上傳來人聲，向著黑夜的大海掃機槍……」

老朱把一截菸尾巴擠死在菸灰缸裡，把已經涼了的半盞茶水一飲而盡。

「我就時常這麼想：那是誰開的槍？」楊斌說，「開槍的人，能不那麼辦嗎？」

「事情過去了那麼久。都麻木了。可是等上了歲數了，才知道有些事，其實還住在你心裡頭，時不時，在你胸口咬人。」老朱說，「而我跟我娘那一別，就再沒見過面。」

老朱於是又摸出一根菸，點上了火，吹著渾濁的煙，說抽菸其實只有百害而無一益，但就是老戒也戒不掉。

「我閨女意見最大了。」老朱說著，搖頭笑了起來，「我對我閨女說，除了菸，我沒別的嗜好了。」

「我看你抽得並不算大。」楊斌看著菸灰缸說，「這老半天了，菸灰缸裡只有一截菸屁股。」

「那倒是。」

「六十二軍是在哪打散的？」楊斌忽然問正瞇著眼睛抽菸的老朱。

「打塔山的時候。那時蔣公要我們限時拿下塔山，解錦州的圍。」老朱說，「這就得從頭說。」

老朱說，民國三十七年秋天，共軍險渡遼寧西北部一條大凌河，直逼義縣的國民黨守軍，志在最終拿下錦州城。「這時，蔣公下令組成一個『援錦東進兵團』。」老朱說，「把我們六十二軍和其他幾個軍和師，都拉到一起了。」兵團在錦西市周近葫蘆島上陸。這時，共軍在北寧路上猛打。塔山、高橋、綏中和義縣，全被攻下了，對錦州國軍形成很大的壓力。老朱說。那一陣子，長官訓話，總是說「東北全局在此一舉」，要「三天內攻下錦州城」。過了九月份，就是那年雙十那一天，聽說共軍向白台山擴展，指揮官把兵團拉到塔山、白台山共軍陣地前，發動正面總攻。

「我們先是飛機去炸，用渤海灣艦砲打，然後全線攻擊。」老朱說，「猛攻七次，七次被共匪打退。七次！」

老朱說，在這一波猛攻中，六十二軍一五一師裡，臺灣兵很不少。他說近些年有一句臺灣話，叫「踢到鐵板」，用的人多了。但他初次聽到「踢到鐵板」這辭，立刻就想起攻白台山共軍陣地那一回。「那時國軍裝備有多好！況且還有飛機轟炸、艦砲射擊。這好比你非但穿著軍用大皮鞋，皮鞋頭還套著鐵帽兒，踢什麼、踹什麼，必定無堅不摧吧。」老朱說，「咦？你使勁踹，再用力踢，但你總是被一塊堅硬的鐵板頂回來。打白台山，就是這種感覺。」就在這第一天全線總攻中，王金木有一個同連的臺灣兵，在敵人砲彈在他身邊開花的時候。被拋出三、四米高，摔在地上，老朱說。

「那個臺灣兵——名字如今也記不得了——據說是王金木的同鄉，在日本人的時代，還讀一個小學。」老朱說，「那臺灣兵的肚皮炸開一個窟窿，腸、肚都露在外頭了。」

老朱說王金木也顧不得槍林彈雨，嘶喊著衝出戰壕，一把抱住那個來自同一個故鄉的青年，吵架一般地跟傷兵說著什麼，一手還拚命地把人家的腸子、肚子塞回開了花的肚子裡。

「那臺灣兵瞪著大眼，呼、呼地往外吐氣，一句話沒說，死在王金木滿是硝塵和血污的懷裡。」老朱說。

兩人沉默了。楊斌聽著老朱講王金木，想起了當時他同連隊上一位姓高的臺灣兵死在徐州的事。

一九四六年底，也是老朱的民國三十五年底，七十師在臺灣召募兵員，補足了員額，分梯次打高雄、基隆兩個港，送到徐州。楊斌待的那個營，就駐守徐州邊邊的九里山。這九里山土燥石堅，寸草不生，原因是九里山上找不到一個水源。部隊上用水，就得每天派兵走一個多鐘頭路到山下汲水。山上的碉堡很溼悶，不用多久，這些臺灣兵身上開始長蝨子了。

「一來溼氣，二來呢，沒有足夠的水洗澡，自然長蝨子。」楊斌對老朱說，「外省兵，和蝨子相處得久了，自然就習慣了。臺灣兵就不行。整天全身抓癢，又不會抓蝨子，抓癢抓得都掉淚。」

爲了不悶在碉堡抓癢抓得皮破，又兼而可以在山下沖澡，臺灣兵擠破頭，爭著輪番下山挑水。有一天，這姓高的臺灣兵，在挑水回陣地的路上，一路頻頻在石頭堆背後拉稀。「回到隊部，姓高的臺灣兵就病倒了。」楊斌說，「沒幾天，尿矢都在鋪蓋上了。死的時候，眼睛怎麼也蓋不闔。」

隊部用那姓高的臺灣兵留下的，猶還散發著矢臭的軍毯包裹著屍體，就要在碉堡後頭草草掩埋。

「那天半夜，二十來個連上的臺灣兵到連長室，涕淚漣漣。」楊斌說，「連口說帶筆寫，才知道他們希望把人葬在陣地背後一個高地上，用一根纏鐵蒺藜用的木棍子，穴朝東邊，寫『臺灣大溪高某某之墓』。死了也要向東，遙望著臺灣……」

楊斌沉默了。

「在戰場上，死了一個當兵的，比死了一條狗都還不如。」老朱說，「能有一條軍毯裹屍，有個埋身之穴，還能遙望故鄉，這就算是前世修來的。」

「嗯，那是。」

「就是說我們六十二軍打塔城的第二天，我們的人是一波一波地衝鋒，也一波一波倒下。」老朱說，「死的當下死了。受傷哀嚎的人，幾乎沒人理睬。」

老朱繼續說，搶救傷兵的衛生兵也往往在槍彈的密雨中應聲倒地。

「來臺灣以後，老聽人私底下說，國軍和匪軍對仗，士氣崩潰，兵敗如山倒，只有投降的份。」老朱若有所思地說，「我聽了，也懶得爭辯。國民黨都把整個大陸丟了，還有什麼話說？」

但是，六十二軍打塔山就不能把國軍說得那麼孬種。老朱說。他說，第一天，國民黨先用飛機群猛炸白台山共軍陣地，隨後以整營、整團的兵力，硬是由連、營、團長帶頭，冒著共軍密集猛烈的砲火，向前衝鋒。「先一陣轟炸砲擊、再一陣衝鋒，一波接著一波……」老朱說，「王金木的老鄉就是這頭一天被炸開腸肚的。」

第二天的戰鬥，更是激烈。老朱說，前一天是前頭一波波衝，打垮了由後面補上。「那眞叫奮不顧身。」老朱說。第二天，共產黨忽然改了花樣，利用不同火力、不同性能、不同有效射程的武器，鋪天蓋地、凶猛密集地向全線國軍總攻。

「步槍子彈在你頭上飛竄。」老朱說，「手榴彈在你周邊開花。六〇砲、迫擊砲往你身後打。小砲、野榴彈砲在陣地最後方指揮部轟轟地爆炸。」

霎時間山崩地裂了。爆炸聲、砲火聲、步槍、輕機槍聲，在彌天硝煙、塵土和橫飛的血肉中交響。「那砲聲和槍聲彷彿就是來自地府，人卻在這來自地府的爆破聲和硝煙味中麻木了，忘記了恐懼。許多臺灣兵都咬著牙，找爆擊的間隙跳出戰壕，向前衝鋒。」老朱說，「就打塔山這一場，說國軍怯戰，摧枯拉朽，不公平。」

老朱接著說，一批人上去，一批人倒下、或者退下，然後又一批人上了。「那個王金木就在這時被打死了。他們四、五個同一個縣來的臺灣兵，從躲槍彈的屍體堆上起身，正要向前跳過一個戰壕往前衝，一個六〇砲彈在他們跟前爆開了。」老朱說。四、五個臺灣兵的破碎的身體，都像幾件被用力扔下的大衣，頹然掉落在戰壕裡了。他看見的。老朱說。

九小時猛烈、拉鋸的激戰，死傷遍野。「你到哪兒去找王金木的屍身哩？」老朱說，「在戰場上，誰倒下，死了，就不算你的數兒了。活下來，也不知道下一個鐘頭、隔一天，你是否也變成那不算數的死屍。」

「活下來的人，也還有多少折磨。」楊斌感慨地說，「不同只不同在你還有一口氣。你還活著，正不知道你要活著等什麼磨難來磨。」

老朱現在摸出了他的第三根香菸，點上了火。「你瞧，今天抽多了。」老朱自顧說。楊斌乘隙起身，拿著茶壺到擺在客廳一角的電熱水壺添滾水。老朱看著一架新的二十一吋電視機蓋著血紅色的絲絨布，漠然想起自己家裡也該給女兒換一台新的了。

「我也來講一個臺灣兵的事。」楊斌忽而平靜地說，口氣像是在做一樁重大的決定。

楊斌於是說起一個出身於宜蘭的、叫做蘇世坤的臺灣青年。蘇世坤家是三代佃農，經過日本統治下的戰時，光復後臺灣農村破產，地租苛酷，生活特別困苦。楊斌說，這蘇世坤看到了駐在宜蘭的七十軍貼出來的招募員兵告示。告示上說，入伍後，先發三千元安家費，免費學國語，兩三年後退伍，安排地方機關裡的工作。

「其實，讓蘇世坤滿懷希望走進營區，還有一條。」楊斌說，「宣傳參加軍隊的人說，臺灣將來一定實施徵兵制。但凡今日志願入伍的，這一家的兄弟都可免徵。」

楊斌說，這蘇世坤家裡有一個年邁的父親和一個雙眼失明的母親。兄弟三人，蘇世坤排行老大。他和老二，在佃來的薄田上，沒日沒夜地幹，卻一仍吃不飽飯。父親老了，母親什麼活也幹不了，長年坐在床上、不見一絲日光，把她一張寬瘦的臉，蔭得蒼白了。這是蘇世坤告訴他的。楊斌說。

「蘇世坤有個老三，右腿有一點瘸。蘇世坤說他從小擔心這老三幹不了田裡的活，一心想讓這老三讀書識字，將來也或者能照顧他自己一身子。這是蘇世坤說的。」楊斌說，「老人家老了。倘若老二另日再徵去當兵，這家可如何維持？蘇世坤這樣想，就和老父、兄弟說好了，高高興興地志願當兵來了。兩年、三年就回家，而且現成還發給三千元安家……蘇世坤對家人這樣說。」

楊斌說，剛剛入伍初的兩、三個月，還准許家人來探訪。

「臺灣人管會見叫『面會』，原是日本話……聽說的。」楊斌回憶著說，「在『面會』的時候，常常有那麼幾個臺灣新兵把當天自己的飯菜，讓家屬帶回去。蘇世坤就是其中的一個。」

楊斌說，來會見蘇世坤的總是他那瘸腿的老三。當鄉下農民的孩子，老三長得算眉清目秀了。「兄弟倆在會客室見面，歡喜的。蘇世坤首先就把自己的早餐——除了兩個白饅頭讓老三手拿著，他把醬菜、花生都盛到便當盒，交給老三。」楊斌說，「那時一天只兩餐。下午四點鐘吃的是糙米飯、鹹魚和炒酸菜。天氣大冷，飯菜不易餿腐的時候，蘇世坤就把前一天的第二頓飯菜裝便當盒，在隔日會見的時候交老三帶回家。」

七十師從光復那年十月來臺灣接收和佈防。隔年，六月招募臺灣新兵進行整編，十二月，一個傢伙調徐州，一直到一九四八年九月，才拉到東北，支援遭到共軍圍困的錦州城。楊斌說。這時臺灣新兵已能結結巴巴講一點普通話了。

「蘇世坤說，他們兄弟三個，知道家道貧窮的三兄弟，非特別賣力，特別互相幫襯，才能過日子。」楊斌說。「老三腿瘸了，蘇世坤怕老三遭同學欺負，天天陪老三上學，接他下學。」

「窮人的孩子早當家。」老朱說，「那時，臺灣新兵多半純樸、老實。」

「逢年過節，一點兒豬油炒鹹蘿蔔大蒜，蘇世坤總讓給兩個飢餓的弟弟吃。剛到了徐州，蘇世坤每回部隊廚房端出豬油炒鹹菜，就會想起臺灣老家，瘸腿的老三。」楊斌說。

「當時，就是這種青年，大批大批來志願當兵。」老朱說，「我營長看傻了，連說他一輩子沒見過……」

楊斌說，蘇世坤和其他的臺灣青年都是那一回投進國民黨軍隊。有人爲了經濟窘困，有人當了幾年日本軍伕撿一條命從南洋或華南回來，幾個月半年找不著工作，相當多的人爲了學習中國普通話適應殖民地結束後的生活……而走進了軍營。「十月，部隊調到岡山。然而在營約莫三個多月之後，蘇世坤便漸漸感覺到失去了自由。不准回家探親；活動只能限在連隊範圍；再鈍的人都明白了外省兵端著實彈的真槍，明裡暗裡在監視著臺灣新兵。兵營這就成了監獄。」楊斌說。

但長官常告訴臺灣新兵，這是軍隊的紀律，是軍隊的秘密性要求，來安撫新兵。那年初冬的一日，長官宣布要舉辦行軍訓練。「臺灣兵的武器全被繳了去，行囊打了包，連夜從岡山行軍到高雄港，緊接著就上了軍艦。」楊斌說，「整個高雄市佈滿了實槍的哨兵，尤其是臺灣兵走向港口的街道兩傍，兩步三步就有一個端槍的哨兵。」

臺灣新兵上了那一艘接收自戰敗國日本海軍的「宇宙號」，看見甲板四處竟有機槍瞄準著他們，如臨大敵。

「臺灣兵頓時絕望了。他們感到駭怕，不知道這條艦艇要押著他們到什麼迢遠陌生的地方。」楊斌說，「有人流淚了。繼而有人哭出聲音，終於有幾個人放聲大哭，用臺灣話、客家話，呼喊著爹娘。」

「你都看見了？」老朱哽著喉嚨說。

「嗯。」楊斌說。

老朱發現楊斌背著他把眼鏡摘下來擦拭，也就沉默不語了。

「人都是，人生父母養的。」老朱終於說，「這亡國滅種的事呀……」

楊斌輕聲歎氣了，爲了平抑心中的波濤，他動手爲老朱斟茶。

「才生離死別，硬生生從臺灣拉出去，就把臺灣新兵往槍林彈雨的戰場裡扔。」老朱說，「六十二軍援錦州城，就是這樣。」

「原來的七十軍在臺灣補了一萬多個臺灣人兵員，接收了日軍裝備，整編成七十師，在……民國三十五年底一送，送到徐州增援。」楊斌說，「等到共產黨那劉鄧大軍搶渡了黃河，向鄆城逼近，七十師又從徐州給拉到山東西南邊的金鄉待命。」

「我那堂叔副營長說的，你們部隊還沒到，鄆城，不，鄆城就吃緊了。」老朱說。

「那都是後來了。七十師在六月底聽說共軍過了黃河，怎麼就慌張失措了。臺灣新兵感染了這慌張的暗流，開始有人逃亡……」楊斌說，「一會兒說是兩個機槍手帶槍跑了。一會兒說是一個號兵溜了。」

「六十二軍打塔城，就不是這個樣。」老朱說，「只是敵人的火力意外地強大，士氣意外地高。」

「搜索排的一個臺灣新兵溜號了。在戰地，這有多嚴重！」楊斌說，搖著頭，「連長堅決要活埋這個被抓回來的臺灣逃兵，逼他自己挖個坑，集合全連的官兵圍著看。」這時候，蘇世坤突然雙膝點地，跪下來爲那逃兵代求一條性命。不料連上幾十個臺灣新兵也跟著全跪下了，哭著求饒命。嗚嗚哇哇地哭。楊斌黯然地說。

「出門在外，一條命又朝不保夕。」老朱說，「我們六十二軍裡的臺灣新兵也一樣，平時戰時，特互相照顧。」

「連長氣極敗壞。掏出手槍一揮，就把逃兵當場打死在他自己挖好的淺坑裡，掉頭走了。」楊斌說，「那蘇世坤的臉刷地變青了，冒出冷汗。其他的臺灣兵都噤聲了。」

楊斌細想著說，七十師慌張失措，是從上面慌亂起的。朝令夕改，全亂了套了。指揮部門知道有敵情，卻完全摸不清敵人的意向。命令一道一道接著下，一會說把部隊拉到濟寧，一會又要部隊調到嘉祥、巨野。雞飛狗跳。

「臺灣新兵們身上背著、扛著沉重的裝備，跟著紊亂的軍令，馬不停蹄地急行軍，忽東忽西。」楊斌說，「臺灣新兵，講話根本上不通，也弄不清大陸的東西南北，整天行軍，搞得人仰馬翻，叫人家怎麼打仗？」

「六十二軍的臺灣新兵也是。」老朱說，「連長告訴他們，我們打的是土匪。王金木說，怎麼土匪整營、整團的來，火力那麼強大。連長說我們打的是共產黨，共匪。王金木茫然地問，什麼叫共產黨？」

七月，部隊在六營集和共軍幹上了。楊斌說。國軍有飛機轟炸，卻怎麼也打不開共軍的包圍。困在六營集的時候，長官爲了加強士氣，有一天特別宣傳「共匪的殘暴」，楊斌說。長官宣傳：誰要被共匪俘虜了，抓去了，一律割鼻子耳朵，剜出心臟下酒吃。

「第二天，臺灣新兵中一個高山族，用刺刀在肚子上捅上了一個大洞，自殺了。

怕的。」楊斌說，「這臺灣高山族新兵，據說也給日本人當過自願兵。」

「給鬼子當過兵，變得跟日本人一樣狠了。」老朱說。

七月中，有命令要七十師突圍，撤到金鄉，「但一出六營集就中了伏兵。」老楊斌說。子彈霎時從四面八方打來，砲彈天崩地裂地在你四周開花。國軍這邊潰不成軍。成百上千的臺灣兵，一堆一堆，繳械了。他說。

「受了傷，滿身血污的臺灣新兵，到處亂竄奔逃，就像家裡殺鷄，割了喉了，卻不小心讓它跑了，帶著噴出來的血，到處顚顚撲撲地竄。」楊斌說著，給自己倒了茶。待他要爲老朱倒茶，老朱忙說：

「我這兒還有，不用添。」

兵亂了，官也亂了，兵潰如山崩。楊斌說。車子、馬、輜重和亂軍，把路都堵死了。車馬就那麼橫衝直撞，把倒在地上的人活活輾死、踩死。

「兵敗眞如山崩。」老朱說。

「么七七團二營一個營長，負傷倒地了，卻活活被馬當場踩死。」楊斌說，「大盤官帽掉了。斷了氣的臉上，瞪著驚訝的眼睛。」

「鄆城丟了。」老朱說。

「你那堂叔副營長說的就是這一段。」楊斌說，「七十師師長陳什麼來著——突圍時，落了單，被俘了。」

六營集一戰，不知死了多少臺灣新兵。楊斌說。七十師一共招募了臺灣兵一萬幾千人。尤其一三九旅的臺灣新兵，還有一場劫難在陳官莊等著。

「三天三夜說不完的。」楊斌說，「我就簡單說，說我那個臺灣新兵蘇世坤。」

七十師在塔城打散了。師長被俘，換上一個新師長，收編到杜聿明集團軍，守徐州。但華北的初冬，早已經使臺灣人新兵感覺到軍棉衣已經難以禦寒。楊斌說。十一月底，集團軍好不容易逃出徐州，在開往河南永城的路上，被共軍團團圍困在徐州西南百多公里的陳官莊。

「陳官莊的十二月初，啊呀，大雪紛飛呀。冰天雪地裡的蘇世坤，手指、腳尖和臉頰都凍出不斷流出血水的凍瘡。」楊斌說，「蘇世坤的臺灣新兵伙伴，死的死，傷的傷。但他卻在這時認識了一個廈門來的劉班長。」

因爲語言相通，蘇世坤和劉班長自然就靠得近了。楊斌說。那大雪一連下了一個多月。蘇世坤的頭髮，眉毛、鬍子渣渣，終日都是白色的雪末。楊斌說。糧食斷了，劉班長帶著蘇世坤到麥田裡拔幼嫩的麥苗來吃。整個集團軍十幾萬人困在冰雪封實的大地上，軍車、大砲、帳篷全蓋上一層皚皚的白雪。

有一天，蘇世坤倒在地上了。劉班長搖著他的肩膀。「起來，起來！」劉班長說。把臉貼在雪泥地上的蘇世坤不覺得冷了，彷彿睡到故鄉臺灣家裡的木板床上。楊斌說。

「劉班長用力地刮他耳光，硬拖強拉，才把蘇世坤拉回了人間。」楊斌說。

「他要睡了，準就死了。」老朱說。

「蘇世坤醒來。劉班長問他還想不想回臺灣見爹娘。」楊斌說，「蘇世坤就嗚嗚地哭了起來。」

「我們被國民黨用強，拉去當兵，起初還不是碰到委曲，只能哭。」老朱說，「有時候，被老兵油子聽見你哭，還得挨罵：我×你的媽，哪個兒子在哭喪？老子還沒被打死咧！」

糧食斷了。雪地裡燒來取暖的柴也盡了。陳官莊方圓幾十里，像個被白雪深埋的死城，老百姓早已跑光。楊斌說。門板、窗櫺，樹木，能燒的全燒了。楊斌說。

「終於有人想到去墳場挖出棺材板來燒火取暖。」楊斌說。「沒過幾天，一傳十，十傳百，軍機場附近亂葬崗三、四十具棺材，全被挖出來劈成柴火。」

樹皮被扒下來吃。皮帶以小火煮成皮膠吃。最後各連、營逐漸不能不把瘦成皮包骨頭的軍用馬、驢殺了吃。

「營部來電話了。有一天，要我們去分馬肉回來。」楊斌說，「劉班長帶著兩個兵，扛著擔架去了，設想著把分到的馬肉、內臟、骨頭擺在擔架上，蓋上毛毯，當它是傷病人抬回來，掩人耳目。」楊斌說。

「怎麼了？」

「避免遍地餓鬼似的兵來搶呀。」楊斌說。

「徐蚌會戰都快打完了，還這麼慘呢。」老朱皺著眉說。

「但馬肉還是在半路上被那些在雪地遊蕩的餓鬼搶了。」楊斌說。

「啊！」

「劉班長端起步槍抵抗。對方一排子彈打來，劉班長就躺下了。聽說的。」楊斌說，「消息傳回來，幾個連上兄弟立刻帶著槍往雪地裡奔。幾代世仇，都不比這時節搶人家活命用的糧食還仇深怨大，更何況是馬肉。」

楊斌說，蘇世坤聽說劉班長打死了，蹲在雪地上，渾身發抖，滿臉全是眼淚和鼻涕。「劉班長，劉班長……」蘇世坤喃喃地說。

十二月過盡，依然是冰雪封地的第二年正月。

「正月九，共軍開打了。第二天，陳官莊就叫人打下來了。」楊斌說，「國民黨一個團、一個團地，連人帶槍投降……」

「兵敗，眞如山倒。」老朱說。

楊斌沒說話。然後若有所思地伸手拿老朱的茶杯，說：

「換一杯熱茶，我去沖。」

「不用了。」老朱說，「六十二軍打垮的時候，也一片混亂，死屍遍地。我逃命呀。後來碰上二十八軍，編在一個團的搜索排裡吃飯，胡亂打了幾場小仗，又混著逃到上海，最後是跟著青年軍又來臺灣。」

「轉了一圈，又回臺灣。」楊斌說，「但活下來的臺灣兵，卻都回不了家。」

「那蘇世坤哩？」

楊斌沉吟了半晌，說，

「在陳官莊打散了。這往後就沒有了他消息。」

「我們回臺灣怎麼的？民國四十五年以後，我們才知道『一年準備、二年反攻、三年掃蕩……』全是騙人的，」老朱說，「就那年，天天夜裡蒙著被頭哭。許多人，一下子白了頭。」

「哦。」楊斌說。

「那年以後，逢年過節，我們老兵就想家，部隊裡加菜，勸酒，老兵哭，罵娘……」老朱說，「有些人因罵娘、發牢騷，抓去坐政治牢。一坐就是七年十年。」

老朱把茶几上的自己的白殼長壽又收回他的左手口袋裡。

「你是怎麼回到臺灣來的？」老朱說，「不容易呀。六十二軍、七十師的，不是打死，傷病死，就是當了共產黨的俘虜……」

「我，還不就跟你差不多，就回來了。」楊斌沉思著說，「七十師、六十二軍連哄帶拐，把臺灣新兵帶走，卻把人家扔在大陸上，自己撤來臺灣。……」

「亡國滅種喲……」老朱搖著頭說。

老朱於是站起身來，說是他得回去洗黃豆、泡黃豆，第二天一清早磨豆漿，煮豆漿。

「你那豆漿，香。」楊斌說，「對了，你回大陸探親吧？你沒見著你老娘，你說的。」

老朱於是歎氣了。老朱說八、九年前他回了一趟老家。

「我娘她在一九五六年，就是我們的民國四十五年，病死了。」老朱說，「我一個老嫂交給我一隻牛骨做的髮簪，尖尖的一頭，包著一小截薄薄的一層金。」

「……」

「老嫂說，我娘要她有朝一日，把這髮簪交給我，」老朱黯然地說，「要我送給我媳婦兒……天下父母心啊。」

楊斌默然地站了一會，低聲說：

「那眞是。天下父母……心。」

老朱於是走了。

老家

送走了老朱，楊斌回頭看見侄子林啓賢出來收拾茶盤和茶杯。收了一半，林啓賢忽然坐到方才老朱坐過的藤椅上。林啓賢看著楊斌回坐到他自己坐過的位子上，忽然說：

「大伯，我都聽見了。」林啓賢說，「你說的蘇世坤，就是你自己。」

楊斌看見林啓賢凝望著他的一對大眼，逐漸潮溼了。楊斌平靜、舒坦地坐在椅子上，默然無語。

「我阿爸常說起你們小的時候。」林啓賢說，「田裡的事再忙，你總是伴著送我阿爸上學，接我阿爸回家。我阿爸常說的。你入伍當了兵。會面的時候，把便當塞得滿滿的，交給我阿爸帶回家……阿爸說的。」

「你阿爸說起這些嗎？」楊斌說著，把因爲年老而半闔的眼瞼睜大了。

「說。常說。」林啓賢說。

「……」

「大伯，你受苦了。」林啓賢終至於流淚了，「受，苦了，大伯父……」

楊斌想起在不到一個月前，初次踏上睽違了四十六年的故鄉臺灣，在中正機場初次見到林啓賢時，就看見過於男子爲少有的他的一對大眼裡的淚光。「你長得跟阿爸一模一樣。」林啓賢後來這樣告訴楊斌。林啓賢說，和大伯楊斌取得連絡的頭兩年，楊斌寄來過幾張照片。六○年代的兩張，都戴著工人帽，穿著把風紀扣子扣到下頷的列寧裝。「看起來就像是個大陸人。年輕一些，瘦一些。」林啓賢說，「年紀大了，頭髮灰白了，在機場見到大伯，直如見了我阿爸，一眼就認出來了。」

回故鄉臺灣會有那麼多周折，楊斌是從來沒想到過的。八〇年開始，政策改了。過去，他和滯留大陸的絕大多數原國民黨軍臺灣人一樣，打五〇年代中後，就戴上「歷史反革命」和「蔣幫特務」的帽子，送到河南鄲城外的五台廟勞動教育，幾十年低著頭做人。八〇年代初，「撥亂反正」、「改革開放」的新政策，突然把他們從勞改場、從山窪窪，從窮鄉惡水裡，打著燈籠找了出來，脫帽子，平反，補貼損失，楊斌還被七勸八勸當過縣裡的幾屆政協委員。

但於他爲莫大的幸福的，是政策的翻轉，從天空中突然掉下來一個不可思議的機會和可能性，讓他能回到幾十年朝思暮想的宜蘭故鄉，看看父母兄弟、看看小時的左鄰右舍，看看在無數個夢寐裡出現的遼闊的、在風中打著稻浪的蘭陽平原和山山水水。在瀋遼戰役連天的烽火中，在五〇年代初幾年成了家，以及在生下頭生的兒子時，心心念念，總是故鄉的家園，父母的慈顏，和已經不知道如今是個什麼模樣，少小就相依相持的兄弟骨肉。幾十年來，這些切切的思念和對於此生還鄉的絕望，互相糾纏，讓楊斌在明知的絕望中又不禁款款思親，在鑽心的鄉思中面對此生終須客死他鄉的冷牆……這樣地度過了多少年年月月。

沒有人曾經敢於想像，命運和天年會來一個巨大的挪移和完全的翻轉。那一天，地委書記找上門來，問了政策落實到他家的情況，而後有如忽然想起似地說：

「跟臺灣家裡連繫了沒有？」

「沒有。都幾十年了。」

「政策是眞改了，老楊。」老把工人帽搭在後腦勺的書記說，「先寫信連繫。往好處想，說不定趕得上回去見爹娘一面。」

於是楊斌的鄉心逐漸又甦醒過來了。他覺得手尖端有些發涼。「可不知道怎麼辦呢。」他說。

「我去問問。」書記說，「縣城裡已經有臺胞接到回信了。接到回信是什麼意思？意思是，咱們先去了信，個把月，家人回覆了。」

過幾天，他眞按照地委書記說的——先按老地址寫信回宜蘭，信封上寫父親林阿炎的名字。他日日興奮又焦急地等待著從故鄉親人寄來一封音訊皆渺凡四十餘年後的來信。

一個月過去了，沒盼著回信。「急什麼，人家不是個把月了才收到回信嗎？」楊斌的老伴說。等了三個月，楊家於是都同意這解釋：說不準是搬家了。投遞錯誤，也有可能。楊斌於是再寫一封，又寫一封……四、五封信就叫楊斌盼了一年多回信，卻仍舊石沉大海。楊斌的老伴看著等信等得落落寡歡的楊斌，有一天，她說：

「說不準是老人家……不在了。老楊，你都六十好幾了。」

她勸楊斌下回寫信，寫給弟弟。他於是又按老地址寫了一封信，信封上寫了老二、老三的名字。然而三個月、半年過去了，寫去的信，仍然是渺無回音。

又翻過一年的一九九三年，縣臺辦的領導拉老楊出來接待一個臺灣來的姓黃的商人。在餐桌上，交換了名片。楊斌戴上老花鏡看著名片，忽然驚訝地說：

「你是礁溪人！」

「是。」

「啊呀，你竟是礁溪來的——」楊斌接過名片的手有些顫抖了。

「是呀。」黃先生詫異地說。

「礁溪離宜蘭有多麼近喲！」楊斌激動地說，「礁溪……」

「坐火車，只一個車站。」年輕的商人說。

「坐火車？我們小時候到礁溪，走路就到了。」楊斌說，老淚就刷地掛下來了。

縣城統戰部的繆組長明白過來了。他像碰上喜事似地笑著。他向年輕的臺灣商人介紹，這「老楊」原籍宜蘭，少小離家，來大陸住了四十年。他提議為老楊他鄉遇著同鄉人而乾杯。年輕的臺灣商人瞪著眼看他，像是發現了一塊珍奇的化石。

「汝臺灣人哦？」商人用臺語說。

「是。」他抹著淚花笑著說。沒有人能說清楚楊斌說的這「是」字，是大陸確切什麼地方口音的普通話了。

「宜蘭住什麼所在？」商人再用臺灣話熱心地問。

「臺灣話，都不記得了。」楊斌像是給誰道歉似地、靦腆地說，「離開故鄉，都……四十六、七年了。聽著還行。說，就困難了。」

商人把楊斌在宜蘭老家的住址，父親和老二、老三的姓名全抄在他的記事本上，指天誓日，一定要幫楊斌老人找到家人。

這以後六個多月，楊斌收到了老三的孩子林啓賢的來信。據信裡說，二伯搬到臺北住了。「二伯家說您前前後後的來信都收到了。」信上寫道，「可能是二伯父家很忙，不暇奉覆……」

楊斌把這親侄的信前前後後讀了幾遍。父母都不在了。老三患肝病也死了四年多。楊斌他老伴在一傍看他一邊翻來覆去的看信，一邊呼兒呼兒地擤鼻涕，一回回用自己的衣角揩老花鏡，就遞給他她自己揩眼鏡片用的一方用舊了的小呢布。

「你可是有高血壓的人。」楊斌他老伴放低聲音說，「要見親人，就別把身體搞壞。」

楊斌聽著老伴勸，忽而想起了在石家莊那個種著槐樹的庭院裡，耐心教過他打太極拳的趙營長對他說過的話。現在想起，他就更知道趙營長那一張冷冷的國字臉下，有一顆心，心疼著從千萬里外被拉進了戰爭的修羅道的臺灣人小兵。

第二天，楊斌就寫了一封長長的回信。那年在石家莊待了不到兩個月，上過幾堂政治課，共產黨就說：願意留在解放軍的留下，依照能耐平等敍用；要走，要回家的，給路條，發路費。臺灣兵回鄉無路，絕大多數人只得留在軍中，更換帽徽。就那幾年，楊斌開始學文化。到了軍中肅反，到了反右、文革，楊斌就能寫洋洋灑灑的檢討刮自己耳光了。他在給林啓賢的信中，除了概括地敍說了他能明說的遭遇，介紹了自己的家小，就說了更多濃濃郁郁的鄉思。

「實在沒想到我能等到這一天。現在我急於回家探訪，祭拜父母的塋墓……」他在回信裡這麼寫。

然而料想中從此密集熱情的魚雁往返，並不曾發生。臺灣的回信，總是滯遲不前，讓人覺得啓賢有什麼難言之隱，欲言又止。

這樣地又過了幾個月，啓賢來了一封信。信上說，大伯，申請回臺灣的事，原想請二伯出面申請和具保的，現在改由他啓賢出面辦理。「我沒大伯家忙，」信上寫道，「而況我年輕，到臺北辦大伯入境申請，不怕跑不動……」

楊斌於是又眉開眼笑了。兒子、媳婦也都替他開心。只有老伴老勸他不能激動。

「臺灣，四十年不曾回去的家呀。」楊斌歎息著說。

「這次能回家，啓賢你出了大力氣。」楊斌和藹地說。

「應當的嘛。」林啓賢說，拉了兩張面紙揩鼻涕。

「不論如何，這一趟能回家，了了我一大心願。」楊斌說，「可是辦申請入境，就折騰了你。」

「那沒什麼。」林啓賢說，「不就是改名字的事麻煩一些罷了。」

那一年被騙進了國民黨的軍營，第二天，連長點名時把他端詳了一番之後，說：「從現在開始，你不叫林世坤，叫楊斌。」有一個福建人下士跟在連長身邊，幫著「翻譯」成閩南語：「本子上有一個叫楊斌的缺子，叫他頂著。」連長說。

從此，林世坤就平白地姓了楊。直到現在，他兒子正傑、孫兒小虎也姓著無緣無故的楊姓。但申請回臺，頭一關就是戶籍名不對頭，手續就擋死在那兒，動彈不得。兩岸之間，伯侄倆也不知通了多少次電話，往返了多少封信，各自挖空心思去找、去申請補發一些複雜的證明文件，才把事情辦通。

林啓賢把茶壺、茶杯都收在茶盤裡，起身端到廚房。這時，在林啓賢修改簿本的、裡間桌子上的電話，忽然興沖沖地響了起來。

「哎呀，是大伯母！」林啓賢對著手上的移動電話笑著說話，走向楊斌，一邊說，「大伯在呢……您說哪兒的話。大伯不住我這兒住哪？都是親人……」

楊斌接過電話，他老伴還在對林啓賢說，他大伯多麼誇讚著他。楊斌聽了一會，輕聲說：

「喂。」

——噢。是你喲。小虎找你。

楊斌聽見電話換手的聲音。

——爺爺，我想你。

唯一的孫兒小虎劈頭就說。

「爺爺也想小虎。」楊斌說著，把整個臉都笑開了。

——爺爺——

楊斌聽見小虎哽咽，而後放聲，終至嚎啕了。楊斌只能聽清楚「爺爺」兩個字，其他的都被小虎自己振耳的哭聲干擾著了。楊斌大吃一驚，從坐椅上站了起來。

「小虎，什麼事！」楊斌心慌地說。

——爸，沒事。這兩天，小虎老想你。今天我們看著他憋不住了，就讓他給你打個電話。

是兒子正傑在分機上的聲音，帶著笑意。他聽見小虎說：

——爺爺……

「哎。爺爺也想小虎，快別哭。」楊斌笑了，在客廳裡，細聲對著電話機哄著小虎，慢慢地踱著大步。

小虎的情緒回穩了一些。小虎不住地說，「爺爺回來，爺爺回來。」

爺孫倆終於有說有笑地掛了電話。楊斌把電話機還給了林啓賢，沉思了一會兒，說：

「啓賢，我看，我也該回去了。」

「不！你的身份證，兩個禮拜內就能下來了。」侄兒訝然地說。

「噢。」楊斌說。

一回到臺灣，啓賢就著手爲他辦臺灣的身份證。辦臺灣的身份證，是爲了久居、甚至定居在臺灣。再退一步說，有身份證，來日辦入臺簽證，也方便許多。他也不是不曾盤算過落葉歸根。然而，來了臺灣，不知道事情沒那麼簡單淸爽。依臺灣的規定，原國民黨軍人臺灣人士要回臺灣定居，還不至於很難。但有一條，規定了在大陸的親屬，七十歲以下八歲以上的，絕不能跟來住。

「我在大陸四十年，想了四十年的家。」有一回，楊斌對林啓賢說，「我要是同老伴回臺灣定居，人到了老年，還得苦苦想那邊的孫子，兒子，媳婦。」

然而楊斌明白，侄兒啓賢爲他申辦臺灣的身份證，主要是想爲他打一場要打起來就椎心徹骨的官司。

回來臺灣沒多久，楊斌逐漸知道了一九五二年前後，臺灣實行「耕者有其田」，林家幾代佃農，分得了兩來甲地。過了十幾年，老父親臨去世之前，就把土地分成三分，對老二、老三百般囑咐：「你大哥這一份，他要活著回來，留他一份。要是神主牌回來，留給他妻兒。」

又過了七、八年，農產品越來越不值錢，而不斷地往村子裡伸展的都市，使土地凡沾上城市發展的範圍，點石成金一般，地價就節節哄抬，造就了一批生活穿著土氣，卻家財數億的農民暴發戶。就在這時節，有人帶了臺北的一個財團，商請老二賣地，老二隔夜就發了家。

「接連才兩年，二伯父家變了。全變了樣。」林啓賢說，「像蜜糖招引螞蟻那樣，二伯家的門庭熱鬧了，臺北、高雄老遠都有人來找二伯父。這個要他蓋販厝賣，那個要他投資搞貿易，另外一個要他兒子先選鎮代表，而後開酒館……」

林啓賢羞澀地說，樸素老實的二伯父不久買了新車，養著一個油頭粉臉的司機，成天帶著二伯父到礁溪賭博、喝酒，甚至養了一個女人。二伯母氣得喝了農藥。

「二伯母沒有死成。這時，也不知道什麼地方來了一群三姑六婆，對二伯母說，沒見過這麼傻的人。死了白死了一個你。億萬家財你有一份。你那一份能牢牢抓在手上，你那老頭愛去哪兒瘋，隨他去。這樣才對。那些三姑六婆對我大嬸說。」林啓賢說。

天上掉下來的一筆橫財，使老二裡裡外外變了一個人。他老來入花叢，一個勤苦樸素的農民，變成了花天酒地、胡天胡帝的老頭。他的大兒子，林啓賢他堂哥林忠，果眞用鈔票先選上了鎭代表，用大錢炒買地皮，開酒家，後來索性搬離了卓鎭，住到新市半山腰上的別墅區。第二年，林忠選上了縣議員。林啓賢說。

三年多前，楊斌從大陸寄出的第一封信，輾轉送到林忠家。

「沒料到我大堂兄立刻就想到交託在二伯父家的大伯的地產。」林啓賢沉重地說，「他怎麼一下子就想到你回來，專爲了分這份地產。」

「我離家時，咱家還是三餐不繼的佃農。」楊斌悵惘地說，「四十年來，我從來沒想過我們會有地，也沒想回來分半平米的地……」

林啓賢說，楊斌的一連好幾封信，都抓在林忠手裡，卻來個相應不理。「直到有一天，忽然一位黃姓商人，去了大陸見著你了，回來找到我說，我才到新市去找堂兄。」林啓賢說，「大堂兄，大伯還在人世！他在大陸。我說。但他的反應卻出奇的淡。」

林啓賢大半不敢向眼前這大伯父全說的是，那時林忠堂兄皺著眉忖思了半晌，突然打開櫃子裡拿出大伯的四、五封來信。

「你看看這個。」林忠說，「信封、信裡，全寫的簡體字。」

林啓賢疑惑地盯著他堂兄看。

「有誰能證明他是我們大伯？」他挑出一個信封，搖出一張楊斌戴著工人帽、拉長了臉面對鏡頭，穿著一身把風紀扣都扣上下頷的藍色列寧裝、和大嬸合照的照片。

「一看，就是個共產黨。你看吧。」林忠說，「他還要我們當保人，保他來臺灣。我現在是做大生意的人。三保六認，生意場上都要一查再查。」林忠接著說，給一個共匪做保，萬一出事，他財產充公還不能善了，人都會抓去打槍的。

對於共產黨，林啓賢固然沒見過，但也是駭怕的。躊躇了幾個月，林啓賢忽而風聞他堂哥林忠開始串同一個地產商合計把坡頂那一塊屬於大伯名下的地賣了。他透過在縣政府地政課上班的小學同學一調查，才知道這兩個月來，林忠堂兄運用地方政壇的關係，經法院公告大伯父林世坤在民國五十二年客死大陸。目前，林忠正在辦土地「假買賣」，把土地所有權轉在他人名下。忿怒的林啓賢於是寫了那封表示由他出面爲大伯辦入境和擔保的信。

「這得當事人自己來料理。」林啓賢低著頭說，彷彿要吞占土地的是他自己似地苦痛羞愧。「那可是當初祖父分明要分給你的地。我阿爸不時地說，有一天你回來，生活不愁沒有依靠。堂兄不是，二伯父也不說話。我就想，非把你辦回來不可。」

楊斌剛回來不久，林啓賢遠遠還沒有把二伯那一房的計謀說破時，約好了一天由林家陪大伯上祖父母的墳。楊斌在蓋成小屋子似的墓室前跪下來，開始全身顫抖，而後放聲哭了。林啓賢從來沒見過這樣哀切的男子的哭號，彷彿要訴盡一生的苦楚、漂泊和離散。他和大伯之間，原本隔著年輩；隔著他無從攀登和探視的歷史；隔著遼闊、陌生的地理。但那一天，楊斌那至大的哀傷和悲愴，深深地滲透到他最裡面的心坎，使他淚流滿面。就打這回起，林啓賢忽而從生命中感覺到大伯是親人，是骨肉，他甚至感覺到上天竟活生生地又給了他一個新的父親。

楊斌慟哭了一會，站起來接過林啓賢爲他點上的香，再三揖拜。墳地的秋天，顯得蕭索。這裡那裡簇生的菅花，像一叢叢白色的旗子，向著風孤單又愁苦地搖曳。楊斌自然從來沒見過蓋得像小屋子似的墓室。站了一會，又和林啓賢雙雙點上香，給厝置在同墓室中的老三祭拜一番。

「墳墓這樣蓋，把家族都擺到一起，很方便。」楊斌說。

「我老了。不管事了。一切都林忠在打點。」

二伯父獨語似地說。後來林啓賢爲林忠呑佔大伯地產的事去新市找過二伯父。那時，滿身酒氣的二伯父也正是這樣說的。

「身份證下來，我們先上法院打註銷死亡宣告的官司。我那地政課的同學教我的。」林啓賢說，「我們人明明還活著。你的戶籍資料，連日據時代的，還有當年志願入伍的兵籍資料，都找全了。」

「……」

「還有，大伯的身份證，準能在兩個星期左右辦下來的。」林啓賢說。

楊斌歎氣了。沉默了半晌，他說：

「我看這事，是不是就算了。」楊斌把背全靠在椅背上，像一個疲倦已極的人。

「哦。」

「我知道了有一份財產，也沒想過一定要。大家歡喜樂意要分給我，我要。要爭、要搶，傷心啊，我不要了。」楊斌說，「四十多年來，我想的是家，是人。」

「……」

「電話裡，我也同你大伯母合計過了。她說，我們不要。別爲了財產就不做人。」

楊斌說。

「大伯……財產是你自己的。你怎麼想，就怎麼辦。」林啓賢安靜地說，「只是，人不能像二房那樣。不可以那樣……」

「人不能那樣……」楊斌喃喃地說。

林啓賢用手掠了掠他烏黑的頭髮。他望著他的親人，他的大伯父，大大的眼睛流露著親情。

「大伯怎麼說，都聽大伯的。」他說。

「你說人不能那樣。你大伯母也說，人不能爲了爭財產就不做人。」楊斌說，「你們都說到一塊了。我來給你說說，爲什麼你大伯母那麼說。」

楊斌告訴林啓賢，林啓賢曾經問，楊斌四十幾年在大陸過得好不好。楊斌說，他當時含混說了什麼，記不得了。只記得他並沒眞說。

「現在我就告訴你。在大陸這四十多年，兩頭甜，中間苦。」楊斌說。

一九五〇年初幾年，打過了朝鮮戰爭，臺灣兵很多在解放軍裡繼續幹，有一些人也轉業在機關裡幹。在這些年，有工作幹，找對象，陸續也都結婚了。楊斌說。

一九五五年，部隊裡，機關中，搞起了『肅淸反革命』。一九五八年反右，一九六六年文化大革命，絕大多數臺灣出身的人，都戴上「歷史反革命」和其他的帽子。

楊斌說。

「臺灣兵有兩條過不了關。給國民黨幹過，打反動內戰。這是『歷史反革命』，有反革命的歷史背景。」楊斌說，「第二條，有不少臺灣兵給日本幹過，去過東北、海南島當日本軍伕。這就是帝國主義走狗了。」

「這些都由不得已，是不是？」林啓賢憂愁地說。

楊斌說，人生有很多由不得自己的事。這叫命運。從五五年開始，爲了政治，人和人忙著劃界限。丈夫和老婆，部屬和長官、同事和同事，都劃了界限。林啓賢說他不懂。

楊斌回答說，嚴格講，他也不懂。「人爲了信念，或者爲了自保，人跟人就那麼對著幹，是由不得自己。但也該有個限度。好好一個家散了。受不住苦，或者竟爲了保護家小，不能不自殺的也有……」楊斌說。

林啓賢說他還是不懂。誰懂呢？楊斌說。那時候，思想上最難於過關的，是在戰火中爲了生存始終互相扶持的臺灣同鄉，也互相寫告發信，也把人不當人地整。

「那時，就是你大伯母一個人撐著我。她老說，老楊，你別發傻，想不開。每天出去挨批回來，我不說，她也不問，只是下一小碗麵疙瘩，再不就煮開水讓我洗個澡。」楊斌說，「有批鬥我的會，她一定參加，坐在我只須一抬頭就看得見的地方。她不是來聽批鬥。她是要讓我知道，我最艱苦的時候，她總是在場。」

楊斌的聲音有些哽咽，但臉上卻堆著虔誠的笑。他說他提這些，不是爲了訴過去的苦。

「事情全過去了。苦過了以後，我和你大伯母就只得出一條結論。」楊斌說，「這條結論是，以後再有什麼大風大火，也絕不能就不做人。」

楊斌說，就算在那風風火火的歲月，仍然有同情勉勵的眼神拋給你。仍然有人塞給你半塊饅頭。交給貧下中農教育的時候，也有農民想方設法保護你，嘴上卻凶巴巴地說，「要認眞學習，把自己改造好了！」

「我還是不怎麼懂。」林啓賢說。

「我再說，你行許就懂。我在大陸做了幾十年中國人，這回回到臺灣老家了，沒有人認我這個臺灣人，還當我外省人！」楊斌說，「張清，郝先生，老朱，都硬說我是個大陸老兵。」

林啓賢想著眼前這個一句臺灣話也講不溜，曾經幾十年戴著工人帽在大陸生活的大伯。

「連自己的親弟弟，自己的親侄子，想吞占我的財產也就罷了，」楊斌苦笑說，「還硬生生編派我是共產黨，是冒牌來搶財產的外省豬。」

「你怎麼也知道了？」林啓賢詫異地說。

「有一回，左思右想，兄弟一場，一些話總得說淸楚，就撥了電話找你二伯父。」楊斌說，「林忠接了，借著酒意，說了那些話，說我是外省豬，還掛我電話。」

「哦！」林啓賢說。

「我氣。我哪能沒氣？」楊斌漲紅了臉說，「我答應了讓你辦身份證，就想爭這口氣。」

「大伯你千萬不要激動。」林啓賢站了起來，驚慌地說，「大伯母說過，你血壓高。」

「沒事。你放心。」楊斌笑著說。

林啓賢這才又坐到椅子上。他說，「撤銷死亡證明，控告僞造文書的官司，大伯你慢慢再想過。不必急著現在。」

「方才和小虎打了電話。我怎麼忽然就明白了。」楊斌說，「你方才老說不懂。你懂的。你不是說，人不能那樣。這就同你大伯母說到一起了。她說，再怎麼，人不能就不做人。你懂的。」

「……」

「可是，別人硬要那樣，硬不做人的時候，我們還得堅持絕不那樣，堅持要做人。這不容易。」楊斌說。

「可是你做到了，大伯父。」林啓賢說，他的大眼睛閃爍著喜悅和孺慕。

「你明天去幫我辦機票。我一個禮拜內走。」楊斌說，「想家了。」

「大伯你得常回來。」

「我會。下回帶你大伯母，帶小虎來。」楊斌笑了起來，「畢竟，臺灣和大陸兩頭，都是是我的老家，對不？」

「對！」林啓賢簡潔地說。

一九九九年五月

——一九九九年九月廿二日——十月八日《聯合報》副刊

夜霧

丁老從廁所出來，才聽見客廳裡的電話響著。耳朵背啦。不知道它響了多久呢。丁士魁對著自己嘀咕著，走向被落地窗的光線打得通亮的小客廳，腳底下又深怕老化的膝關節讓他跌跤，不敢快步。

「喂。」丁士魁拿起話筒說。他聽見竟而是女聲在電話的對頭說：

「喂。」

「喂。」深深地坐在沙發上，丁士魁說，有些微喘氣了。

「丁老。是我呢……」

「……」

「丁秘書，是我呢，月桃。」

「噢！」丁士魁訝然地說。

邱月桃於是恭敬地問他，「如果您有空……想來拜望您。」但沒等丁士魁回答，邱月桃就說：

「清皓哥，他留下了一些……寫的東西。」

「什麼東西？」

「寫的東西。橫豎我也不懂。但就是覺得應該交給丁秘書，比較妥當。」

丁士魁約定她在下午兩點鐘左右來，掛掉了電話。

落地窗外是暮夏近午的時光。他手植的細竹，把薄薄的綠色的影子打在窗簾上，隨微風靜靜地搖曳。

丁士魁的老妻在十年多前過世了。一個兒一個女，分別住在美國東部和中部，一個就業，一個讀書。這於今日的臺北市已經罕見的、他獨自居住的日式木質房舍，被一個每周來清掃一次的越南女傭打理得窗明几淨，在暮夏近午的小院子裡老樟樹的樹影下，顯得尤其寧靜和寂寞。

丁士魁把瘦削卻頎長的身體嵌進那暗紅色的、半舊了的沙發，緊緊地抿著沒裝上義齒的嘴，沉默著想起了李清皓的喪禮。

三個月前，他到市殯儀館裡一間小禮堂，參加李清皓的告別式。李清皓住在加拿大的妻子和兒子回來料理後事。小禮堂裡的坐位即使坐滿了，也不過十來二十個人，而況也沒坐滿人。丁士魁沒看見局裡有人來，不覺默默地張望的時候，李清皓的妻子小董認出了他，就緩緩地走了過來。

「丁秘書。」小董說，而她原本漠然的眼睛，遂逐漸紅了起來。

他拘謹地、輕輕地拍了拍小董的肩膀，在禮堂裡縈繞著的、薄薄的線香的霧中，沉默地陪著小董，坐在前排。

李清皓的放大了的彩色肖像，被鑲在插滿了白色的大百合與康乃馨的鏡框裡，掛在靈堂的中央。理著平頭，在暗暗的眉宇下，一對溫和的、不大的眼睛，彷彿在全心全意地盯著丁士魁看。這應當是三十多年前李清皓初到山莊受訓時證件上用的標準照片去放大的了，丁士魁想。當時，李清皓看來年輕、精神，臉上不胖，卻顯得飽滿。但半年多前見了面的李清皓，蒼老、萎靡、消瘦，乍見幾乎認不出人來。

「局裡，有人要來嗎？」他低聲問坐在一旁的小董。

小董輕輕地搖了頭，低頭去把手上的手帕無謂地疊成小方塊。丁士魁忽然想到，聽說了李清皓是自己尋了短路死的，估計遺族因而不願意把喪事辦得張張揚揚吧。

「他早不在局裡了……」小董細聲說。

「嗯。」

李清皓自臺北C大畢業，因爲長了鴨子一般平板的腳底板，不要他當兵服役就考到局裡來了。以C大生的程度，筆試自然出衆。招那一期學員的時候，丁士魁剛升調九職等秘書，年輕的李清皓歸他口試。口試前，丁士魁看過卷宗裡的自傳、簡歷：岡山眷村一個老少校的兒子。C大法律系畢業。

「沒想過到國外深造嗎？」丁士魁記得，當時他把看卷宗的眼睛抬起來，這樣問。

「家裡，沒有條件啊……」

李清皓說著，以他那溫和的眼睛直視著丁士魁，卻對他那「沒有條件」供他留學的家庭毫無怨懟之意。丁士魁看見他那烏黑、剛硬不馴的頭髮，打著薄薄的髮蠟，在他的左額左右兩邊梳開來。在略嫌小了的領子上，蹩腳地打著一條舊的領帶。穿著雪白的、短袖襯衫的李清皓，看來就誠實、憨厚，竟而給丁士魁留下了印象。

「說一說，爲什麼想考進我們局……」

李清皓沉默了片刻，溫和地、彷彿理所當然似地說：

「報效國家……做一點有意義的事。」

世上有一種天生正直的人，坐在靈堂裡的丁士魁這樣想著，天生的正直，但絕不是拿自己的正直處處去判斷別人，不肯饒人的那種正直。李清皓這人就是。丁士魁默默地凝視靈堂裡的遺像。想起了那年夏天，李清皓考過了關，來山莊報到受訓時，把鋼刷似的他的不馴的頭髮理成了平頭，站在他跟前微露門牙而笑的、對新的生涯充滿了熱情的年輕的臉龐。自己在這種機關過了大半輩子，應該早就看出李清皓不適合幹這行，他想著，竟而有一層悔恨，不覺歎息了。

因爲老人常見的攝護腺腫大問題，丁士魁感到似有似無的尿意逐漸困擾著他了。他於是又起身上洗手間。被越南女傭打理得乾乾淨淨的洗手間的磁磚地板，反映著窗台上養著的一盆黃金葛的綠色的影子。當他終於按下沖水的把子，在潺潺的沖水聲中恍惚又聽見了電話的鈴聲。他連忙走出洗手間，卻發現屋子裡依舊在暮夏的中午裡寂靜無聲。每每遇到這情形，丁士魁老是無法弄清楚：究竟是電話響了、他沒來得及接就停了，抑或電話根本就不曾響過，只是他幻聽罷了。

他重又坐在沙發上。伸手可及的電話機旁邊也養著一小盆精神得很的黃金葛。都十多年了，他想，李清皓第一次帶月桃來看他，月桃就帶來一盆生發昂然的黃金葛送給他。愛好園藝的丁士魁，幾年下來，把那一盆黃金葛分成了四五盆，養在院子裡老樟樹的樹蔭下。客廳的這一小盆和洗手間裡的那一盆，也全是月桃的那一盆分出來的，至今卒多長得昂揚鬧熱。

山莊結訓以後，李清皓派到桃園的一個站裡工作，但由於個性老實、謹慎，工作積分偏低些，但他幹得還很熱心。二十七歲那年，也不知怎麼的就和小董結了婚，還特地央請他這個丁秘書去證婚。然而由於某種做長官的人不便於聞問而無法知道的理由，李清皓和小董雖然分別對他敬若父執，但他們兩人就是怎麼也合不來，有時甚至勢若水火，弄得兩人都痛苦不堪。

那一年，美國斷然在外交上捨棄了臺灣，政局大爲震動，局裡忙著抓思想、言論不穩人士。第二年冬天又爆發了K市事件，局裡一下子「請」進了一大批人。李清皓參加了偵訊工作，前前後後忙了一年多，人竟瘦了一圈。神色變得疲倦而沮喪。丁士魁看出沒日沒夜的工作對李清皓的心靈造成強大的震動。

「小董她好嗎？」

有一回，只剩下兩個人的時候，想著隨便找個話題，逐漸疏導工作造成的壓力，丁士魁漠然地這樣問。

李清皓沉默地苦笑。「還可以吧。」他說。

「也許，生個孩子，兩人行許就會好一些。」

丁士魁像一個擔憂的父親，這樣說著，卻不覺感到話語的奇突可笑。

「丁秘書，我想出去讀幾年書。」

李清皓忽然說，神情肅穆。

和美國斷了交，繼之又是震動全島的K市事件，對於局裡年輕的調查員，暗自形成了一種震撼。丁士魁望著陰雨的窗外，想著這個無論如何也不適於端這個飯碗的年輕人，沉吟了半晌，吩咐李清皓寫離職深造的報告。

「你上個報告，我簽轉。」

丁士魁說，便兀自默然起身，撐起黑色的雨傘，走進迷濛的雨中，留下茫然如失的李清皓，枯坐在空無一人的大辦公室裡。

第二年秋天，小董和李清皓來看他。小董的懷中抱著滿月不久的男嬰。

「丁秘書，我們下個月動身，到蒙特里奧。」李清皓說。

丁士魁欠著身專注地看著在母親的襁褓中沉睡的嬰兒。

「好看的小子呢。」他說著，把身子坐直了。「好好讀書。」他板著臉對李清皓說，「我在局裡說過了，讓你在那兒兼點工作，多少有點津貼。」

「謝謝丁秘書。」李清皓說，「我們，想請您爲孩子取個名字。」

「嗯。」

丁士魁漫應著，竟笑了起來。

「不著急。等丁秘書想到好名字，電話告訴我們。」小董說。

然而，甚至於生了一個孩子，又甚至於兩人在人地生疏的異國相守，都沒有挽救他們那終於破滅的婚姻。四年之後，李清皓拿到法學碩士，小董在蒙特里奧城區一個香港人開設的會計事務所找到待遇豐渥的工作。他們終於協議分居。孩子歸於小董。李清皓索性立刻收拾了三件行李，隻身回到臺灣。

由於李清皓暗暗地不想靠局裡的關係找工作，頂著一個洋碩士，卻仍舊到處碰壁，找不到吃飯的活。約莫過了半年，李清皓終於坐在丁士魁家那光線充足的小客廳。

「局裡的研究部門要一個人。」丁士魁說。

「是。」李清皓無力地說，捧著杯子喝半涼了的茶。沉默了一會，丁士魁說：

「我知道你不想回……」

「那時，小董鬧著要分，部分原因，她不喜歡我的工作。」

「你也別提小董。」丁士魁皺著眉說著，歎了一口氣。「主要是你自己不願意。」

「……」

「別的不說了，現實上，你需要一份工作。」丁士魁說，「在海外拿了人家四年的津貼，總要盡一點義務。何況要你搞分析研究，不是辦人……」

李清皓於是懷著無奈，回到局裡，默默地上下班。

第二年的夏天，李清皓大學裡的一個同學找他幫忙。同學在崙背鄉下一個親戚的女兒嫁錯了人，十幾年來弄得走投無路。說是那女婿是個流氓。平時一不順心就拳打腳踢、成天花天酒地，也就罷了。他去和地方上體面人合夥蓋房子賣、開輪胎店，錢周轉不動了，他就用他女人開戶的支票到處去搪塞，票子退了，連鄰縣的商人都來逼債。這個叫做邱月桃的苦命的女子，不能不爲丈夫濫開的支票逃亡躲債……邱月桃躲起來包粽子、做肉丸子賣，開小裁縫鋪，把沒日沒夜掙來的錢分成一筆筆還債。但那不良的丈夫總是揮霍胡爲，一次次丟給她沉重的債務，還時不時找上門來要錢花費。

李清皓給崙背的站上掛了電話。不到一個月，那流氓判了刑，邱月桃贏了離婚訴訟。至於債務，地方建商和地方的情治單位利益共生，關說之下，七折八扣，很大地輕減了邱月桃的債負。

又將及一年，在寶慶街靠圓環的一棟陳舊樓房的三樓租房子，開一爿小裁縫舖的邱月桃，怎麼地就和李清皓在一起了。帶著一盆綠意盎然的黃金葛，低眉拉著李清皓的手，雙雙出現在丁士魁家的玄關，就是那個時候了。

門鈴響的時候，丁士魁一邊抬起手腕看手錶，一邊出去開門。準兩點。即使老樟樹成蔭，院子裡一仍是暮夏的悒熱。丁士魁開了木頭做的舊門，不料看見一身黑色、洗盡鉛華的邱月桃。丁士魁把她扯進了客廳，隨手打開冷氣機。

「丁秘書怕冷氣吹，就不用開了。」她說，一邊用手絹輕輕地揩著額頭、鼻尖和脖子上的汗珠。「開低冷，送小風，我就不怕了。」丁士魁說。

她坐在他的斜對面，背著落地窗的光。邱月桃不算是一個好看的女人。她的鼻子微塌卻結實，眉毛生得淡，以故把眉畫得尤其的深。她的單眼皮看來有一點土氣，但看久了，卻不是沒有一層淡淡的嫵媚。

「清皓的喪事，沒有張揚地辦。」他說，「但也算簡單、嚴肅了。」

「嗯。」她說，低下了頭，「我去看過了。」

「啊。」

「我躲在隔壁別人家的靈堂看。」她說，「我看見您在張望……我站直了，想著您若看見我才好。」

「你去了。」丁士魁喟然地說。

他想起喪事前兩天，邱月桃打電話來。

「我想去殯儀館。清皓哥他會要我去的。」她說著，安靜地哭了。

丁士魁委婉地說，「那恐怕，恐怕不方便吧。」他說，「小董帶著她兒子回來了……」

「他們母子回來，又怎樣了。」月桃幽幽地說。

她說她不是要跟小董爭名份。「沒有名份，我不也死心塌地跟了他十多年。」她說，「這幾年清皓哥病了。可憐哪。還不全是我陪著他，先後在幾家醫院進進出出。」

丁士魁默然了。

「丁秘書，對不起，我只是覺得，清皓哥他，在禮堂看不見我，一定會害怕。」

丁士魁聽著電話的另一端的月桃呼呼地擤著鼻涕。他覺得不讓月桃去殯儀館，不論如何，是理虧了。但他只能呢喃地說：

「清皓什麼都知道的。他知道你對他好。」他說，「清皓知道的。」

邱月桃沒說話。丁士魁聽到了從電話筒裡傳來的隱約的市聲。

「月桃。」他說。

「丁秘書，其實，我不會去的。」她平靜地說，「就是不去，不好去，才打電話。」

「……」

「我只想讓您知道，我多麼想去。」她於是哽咽了。

「我知道。」丁士魁沮喪地說。

「再見。」

她掛掉了電話。丁士魁像一個犯錯的人忽而被憐憫地寬赦了那樣，懊惱又有些羞愧。

盛夏的明晃晃的日光，把院子裡的兩盆桂花和落地窗的窗櫺的影子打在客廳的牆上，但客廳裡卻是滿室人工的涼爽。

「我還是去了。對不起，我按捺不住。我央了那清皓哥的同學，我崙背家的親戚，帶了我去殯儀館。」她說，「我偷偷地站在那兒，心裡不停地叫喚著，清皓哥，我在這兒送你哩，你不怕，不害怕……」

丁士魁爲她斟茶。他們都沉默了，似乎都在專心傾聽著冷氣機輕微的、嗡嗡的聲音。

「這兩年來，清皓哥變得特別容易害怕。」她說。她說她出去買菜，李清皓就可以在家裡淌著冷汗怕她遭什麼不測的災禍，直怕到她進了門。颱風下雨他也怕。「他也怕爲什麼他會沒來由地怕這、怕那……他怕壞了。」她說。

「怕出門，怕人多的地方。」她說，「您看，他不在局裡多少年了，還怕人家把他找回局裡去，書也不能教。」

那些年，林家血案的祖孫公開發喪，黨外公然爲之嘯聚，接著，上峰竟公開宣布蔣家此後再「不能也不會競選總統」，又接著是突然宣告成立了反對黨，旋又爆發桃園機場闖關事件……這些都像一波又一波強大的風浪，搖撼著人們的生活和思想，局裡也不例外。就是這時候，李清皓默不作聲地找到了一個專科學校教書的工作，來找丁士魁幫他辭掉局裡的工作。

「清皓哥每次提起您，就像提到他親生的爸。」她說。

「眞對他好的，其實，就是你。」丁士魁說，「他都知道，知道你的好。」

邱月桃在她的大皮包裡找面紙，低著頭擦淚。

「我沒碰到清皓哥，就一生也不會知道女人被一個人疼著，是怎麼回事。」她說。

邱月桃說她也知道自己命苦。「可是碰上清皓哥，才知道自己從小到大，竟而從來沒有被人疼過。」她說，「是他，對我好……」

這時丁士魁又得去洗手了。他一邊解手一邊想著，新的調查員，只消到幾個地方上的站裡繞幾個圈，大抵酒色財氣全習慣了，但就是李清皓楞頭楞腦，叫人掛心。現在他走了。丁士魁覺得李清皓就像一個要結案歸檔的卷宗，反正從此就要封藏起來了。他從洗手間出來，到小廚房冰箱裡倒了兩杯橙汁，卻看到客廳的茶几上多擺著一綑大紙包，一時不知把給月桃的橙汁擱在哪兒的時候，她連忙伸手來接了杯子。

「清皓哥留下的東西。」她推了推大紙包說。

「哦。」

「像是日記什麼的。」她說，「我讀過了。裡頭記著不少私事。但他就像是您的兒子，也就不必遮攔了。」

邱月桃說這兩年多以來，李清皓的病時好時壞。好些的時候，他就寫。

「看見他趴在那兒寫字，我就知道他的精神好些了。他寫了，就鎖在抽屜裡。」她說，「他走了以後，我開了鎖。我書讀得不多，讀了也不全明白。」

她說她原本打算讀過就燒了。「想了幾天，總覺得燒不得，又總覺得不能留下來萬一讓別人讀了。」她以尋求答案的眼光凝視著丁士魁，「後來突然想到交給您最合適。您讀過了，聽您要留要燒。」

「清皓是可以寫點東西。」他沉吟著說，想起來在山莊受訓時，李清皓寫的勵志廣播稿，寫得最生動、鮮活。

「清皓哥一直都當您是他父親。」她站起來告辭了，「交給您，我就放心了。」

她終於淺淺地笑了，露出了結實卻長得有些錯落的門牙。

丁士魁花了幾天的時間，讀完了那一大紙包的李清皓的日記。但丁士魁以爲其實那又不能稱爲日記，而是一些荒亂的回憶、糾結、和內心思想感情的葛藤的箚記，一些在工作上適應不良引起的憂煩與矛盾的記錄，既未署明日期，又並不全是逐月逐日的記事。到了發病以後，記載更不免其凌亂，語言也恍惚雜亂了。

然而，月桃竟而是個伶俐的女子，丁士魁想。李清皓這些東西，固然是扯不上多大的安全顧慮，但也確實很不宜於流落出去。丁士魁又復花了幾天的時光，把這些資料細加整理，大量汰去不很相干的東西，思忖著要附上一個報告，呈到上面去。把汰除的燒了，把選出來的呈上去專卷研究存檔，這件事就結了。

1

還是無來由的心悸和胸悶。

前天半夜裡，好不容易睡了，忽然覺得身上有千斤大石壓著，直欲窒息。我睜開眼睛，四肢乏力，怎麼地也叫不出聲音。心裡想，人就要這樣死去的嗎？我聽見在窒息中即將停止而奮力掙扎的心跳，砰砰地彷彿打著我的耳膜，震耳欲聾。我感覺到從來不曾知道過的大恐懼與大黑暗。

將近一年多了，老是睡不好覺。我以爲，失眠最是要害了。耳鳴，爬樓梯只爬兩層就喘氣，乏力……這些一定都是長期的失眠所造成的。每天上床，就開始著急，害怕又整夜睡不著，使我全身僵直，膝蓋以下發冷，大半夜都暖不起來。

漫漫長夜，失眠了就不能免於翻身。這個月裡，月桃趕好幾套衣服，日夜忙碌，還需分半個心在一旁爲我的健康發愁。晚上她登床來的時候總在凌晨翻點時分，我總是佯爲熟睡。

每夜，月桃總是把她的臉靠近佯睡的我的臉，觀察我的睡眠。有時候，我甚至感到她的鼻息吹拂在我的臉頰上。「清皓哥，」她耳語似地呼喚，而後獨自對自己說，「睡了就好。」

她然後很快地在我的身旁進入了夢鄉。整個黑暗的臥室，就只剩下鬧鐘的機械的切切之聲，以及月桃令人羡慕的、酣睡的鼻息。

爲了不至於弄醒她，我越是全身僵直，不敢動彈。然而，失眠就不能免於翻身。迫不得已的、小心翼翼的翻身有時果然沒弄醒她，但有時也把她驚醒。「清皓哥，你又沒睡嗎？」她帶著濃重的睡意，夢囈似地說。這時我總是裝睡，以緩慢、深沉的鼻息安撫她。而她總是又一下子在我的枕邊沉睡了。

這樣的時候，我總是最悲傷和痛苦了。我背向著她側臥著，感覺到無際的孤單、害怕，有時竟也獨自流淚。

我疑心我已重病。胸悶已經過了一年了。

但上個月花了大半天去掛心臟科，做了幾項檢查，一個禮拜後去看結果，那年紀輕輕就在鼻子底下留一撇鬍髭的、肉白的醫生說，「你什麼病也沒有。至少心臟是好的。」

我極爲憎惡他那時驕慢自信的樣子。

2

學校的周老師熱心指導我靜坐，已經三個禮拜了。他說靜坐保證能治因失眠引起的煩悶和心神渙散、四肢乏力。上星期，月桃恍然大悟似地說，精神萎靡、身體無力、失眠耳鳴，其實就是民間所說的腎虧。她於是一口氣抓了七、八帖中藥，不論裁縫枱上有多忙，一定親自一天煎兩次藥讓我喝下。

靜坐總是不行。滿腦子都是不連貫的事，紛紛繁繁，胡思亂想，怎麼也靜不下心來，卻反而感到自己終究怎麼也靜不下心來而悲痛和憂慮。那又濃又苦的中藥汁，看來也沒有什麼功效。

然而，我沒有對周老師和月桃說的是，近來除了窒悶、心悸，有時還感到某種無來由的焦慮和不安。我估計我已經得了絕症，病入膏肓。我看報紙的衞生版，就知道我胸悶、胸痛、心律不整和顏面潮紅，準是心肌梗塞和別的什麼病加到一起。想到下一個月考就要輪到我出共同科的考題，我就惴惴不安，不知道怎麼辦才好。

昨日半夜，我偷偷起來靜坐，糊塗中，也不知道竟坐著睡了，還是終於通了經絡，醒過來，繼續閉目而坐，怎麼就覺得清明朗爽。我坐著想，悄悄地問自己，我爲什麼害怕，憂愁著些什麼……問我自己，鼓勵我自己慢慢想，這十年中，最早，什麼事讓我怕，讓我擔憂……

想著想著，想到了那些年。

在那些年，先是因K市事件判了刑、在監執行的一些人，政府把他們分批釋放、假釋了。當年我們在偵訊室裡費多大的工夫，之所以把一干人的口供，勉強按照上頭的需要，將人犯敲敲打打，湊成一個大政治陰謀事件，明裡暗裡，總有一個大前提：

這些人一送到牢裡，起碼也要十年二十年，永無翻身之日。現在上頭怎麼就把這些當年他們要我們不擇手段送進去的人全放了，猛虎出了柙了。「壞人」、「國民黨特務」的帽子讓我戴一輩子，上頭的人卻去充「開明」、「民主」的好人。

這是個什麼局，我逐漸害怕了。

接著不久是桃園機場闖關事件。那時候，局裡給了我一張桃竹苗地帶「陰謀份子」的名單，要我去現場錄音、跟監。那天嘯聚的民眾少說也近一萬人。警憲用水柱沖，便衣用棍子打。但不料對手竟有了一個新武器，輕便型錄影機。他們拿錄影機搞反搜證，拍偵警打人，和我方錄影搜證的人員對著拍。特情人員的大戒，首先是不能讓自己的形貌曝露。後來聽說有幾個同志倉惶躲避對方的鏡頭，被群眾判定是「國民黨特務」，有落荒而逃的，有挨了打的。

我盤算，在人群中，我定然也被他們拍下來了吧。事後想起，將來有人認出來，我該怎麼辦？爲此，我悒悒很久，甚感憂慮。

就只兩個月前，陰謀份子一哄而上，發動突襲，宣布組成政黨了。這之前，局裡就很緊張。許多「內線佈建」，甚至「偵破佈建」的人，不斷地從他們的核心送來大批緊急的情報，敵人組黨，箭在弦上，我們都明如燭照。雖局裡不眠不休，不斷向上反映，卻遲遲不見果決打擊的意志和命令。這個幾十年來不計代價、一定要加以撲滅的、很有被「共匪利用」之虞的不祥組黨運動，竟然也就眼巴巴讓它組成功了，闖過了關，平安無事。那最高、最高的上頭，依我來看，顯然手軟了。局裡的人議論紛紛，不能理解。有一個老調查，趁著酒瘋，據說就問副局座說，「我們這些黨國鷹犬，日後還要不要幹？」

就是那些時，我頭一次感到晨起時無緣故的、極端的沮喪。月桃爲此憂愁不已，還到處求神問卜。

及至到了第二年一月，小蔣總統逝世了。我於是明白，一個時代已經結束了。等到專科學校的教職敲定了，就打定主意請丁秘書幫我辦理辭職。

想著想著，我終於想到了，就是在那些年裡，我第一次日復一日感到靈魂深處無邊無涯的害怕和解不開的憂慮。那些年的起因於外在具體事件的恐懼和憂悒、又逐漸汰盡了具體的內容，長年以來，竟而成爲沒有具體內容和面貌的、無來由的驚悚和焦慮了，人生變成一片沉重的黑暗。

然而，回想起來，離開了局裡，去S專當講師的頭幾年，是多麼的幸福。雖然學校的薪水遠遠沒有在局裡拿的多，我和月桃常常約在一個德國館子吃飯。月桃愛它的各色德國香腸，我則愛它的德國啤酒。我們一起去看電影，開車到石碇鄉買文山茶葉。

那時候，啊，陽光燦爛，鳥語花香。如今卻一日日沉落於陰冷的憂悒，有時鋪天蓋地的黑暗的絕望，若大海汪洋，直要人窒息滅頂。往日難再的幸福，多麼叫人羨慕和嚮往。

啊，月桃，我一定要振作起來，重新找到那燦然的陽光才好。

3

今天月桃陪著我到士林的R醫院看腦科。幾年來頭部悶痛，近來則轉爲突發性劇痛。發痛的時候，竟而可以痛到嘔吐，眼內壓力升高以至於覺得眼球要爆了出去。一個多月來，我曾到N大學醫院看病，檢查腦波，做了腦部的核磁共振造影，但醫生卻只會苦惱地說沒病。明明發作時頭痛欲裂，怎麼就能睜著眼說沒有病。我很疑心長了腦癌，醫生不肯說破罷了。但醫生說即便是初生期的一丁點腦瘤，絕對逃不過核磁共振造像的法眼。我張大眼睛看著看片箱上兩大張一格一格把我的腦部割成一層層切片照出來的相片，但覺得自己竟能看見自己腦部的幾十個切片圖而驚歎不已之外，也看不出什麼道理來。醫院開給我的藥，他們也明說，主要是止痛藥、維他命，再就是鎮靜劑。我患的明白是必死的腦癌，叫我吃這些平常藥，就不知醫生是何居心。月桃苦苦勸我吃藥。我苦口向她解釋我不吃的原因，她只會急得哭。「你不會是腦癌的。光只說人經年失眠，就會整得一個人頭痛。」她說。她說我眞是腦癌，她也不要活了。

這我們才合意改到著名的R醫院去看，透過她一個顧客的關係，掛上了號。

這個醫生據說是腦科醫學的專家。他挺親切，問診十分詳細。他也開了單子叫我去檢驗部排日程做四種檢查，一個禮拜後做結論。

我感到鼓舞。但是細細地想，若結論又說沒病，我必又不信，必又去找別的醫院。這兩年我跑了多少家醫院，看了多少種病……但是若說我果然是腦癌，往後我身心交瘁的日子要怎麼過？

我於是隱隱約約地想到了死了。而想到了死，慢慢地竟想起一些內疚的事，不能釋懷。要是死了，月桃一定傷心欲絕吧。這就越發想到了我唯一的一次對不住她的一件事。

和月桃在一起了不到一年，臺北縣的一個「文化據點」偶然間從一個大學社團裡的一張小紙條，扯出了一個「愛國先鋒黨」的案。爲首的竟是一個退伍的單少校，爲副的則是我母校C大學的研究生。那單少校高瘦個子，皮膚皙白。這樣一個文弱的「軍官」，居然把非法組織擴大到大學生、中學生、社會青年和軍中青年裡去。偵破時，陸陸續續請進局裡來的青年就有二十來個人。他們主張，政府裡除了蔣總統一人，其餘黨政官僚都是貪污無能、禍國殃民之輩。他們在大、中學校、軍中、社會上組成「愛國先鋒隊」，要推翻政府，「清君側」裡的共產黨和臺獨。他們甚至兩次在海邊「檢閱」「先鋒隊」。內線拍下來的十九張照片，早就送到局裡，讓看過照片的長官搖頭苦笑。

單少校看過抗戰時期翻譯的希特勒的《我的奮鬥》。他在偵訊室裡聲淚俱下，說再不除貪鋤奸，消滅共產黨和臺獨，政府覆亡只是旦夕間事。局裡的一位專委，很快地設計了一套偵訊方針。我們幾個小調查員上去搞車輪偵訊，衆口一辭，都說我局工作和主張和單少校完全一樣，苦心孤詣，專打擊蔣總統身邊的奸佞，對於單少校的愛國憂國，對於涉案青年們對領袖、國家的悃悃孤忠，十分感動。而單少校果然數度泣下，像是見了親人似地，一五一十，把該說、該供的，連同不必說、不必供的，洋洋灑灑寫了三大卷供證。

但誰也沒料到這麼一個幼稚、荒唐的案子，卻很獲上頭的重視，送軍法不久，判了單少校死刑，其餘四個無期、六個十二年，其他十年、八年、感訓不等。這樣的結果，連局裡長官也沒料想過。

處座這就立了大功。判決定讞後，處座請來了兩位縣地方上土木建築商人出來會帳，另外邀請了縣裡團管區、黨部、警局各長官和我黨立委大宴狂歡以慶功。酒女不夠，還特地到鄰縣動員……酒色喧嘩。

我的酒量小，很快就醉了。處座興致高到極點，一定要酒女各拉一個人去開房間。

就那一回，我和一個滿嘴菸味的女人進了房間。原來有多少年以為只不過逢場戲，沒放在心裡，只覺得全處官長部屬集體瘋狂，自進局工作以來，很長了見識。不料近日來，想著和月桃的日子將盡，極覺得那一回我竟背叛、欺騙了月桃，愈想愈是惴惴難安於心，又羞惱，又悲傷，對自己感到說什麼也不肯原諒自己的不齒，弄得失眠和頭痛加劇。

4

上禮拜四去R醫院看檢查結論。醫生說腦部查不到具體的疾患，倒查出高血壓來。醫生說收縮壓和舒張壓皆明顯偏高，自然有頭暈的症狀。他判斷我的病由心因引起，甚至建議我不妨到精神科掛號。

我對這些自作聰明的醫生感到厭煩。我心裡冷笑。頭痛、高血壓、腸胃悶痛……都是生理症狀、器質性症狀，卻可以硬說成心理症狀、心因性疾患。

我忽而想到局裡研究部門曾有一項調查，說律師、醫師、會計師之中，臺獨思想比較普遍。我逐漸不能不憂慮他們終竟看穿了我的工作歷史了，有意延誤對我的治療，以便把他們的敵人置於死地。近來看政府這樣縱放他們，有一天，他們一定要找我們報復的。往後，等他們更爲壯大，他們一定會天涯海角，追殺不赦，像猶太人在戰後追殺德國納粹。

但近日，我忍著頭痛和心思渙散，左思右想：他們果而是猶太人，而我們竟是納粹的嗎？

在山莊上課的時候，教官教育我們，抓臺灣人，要考慮政治社會效應。「他們本地人，我們隨便抓了一個人，起碼就得罪了他們的父母妻子兒女、再起碼堂表親、同學朋友……都會對政府不滿。」教官說，「外省人咧，全是孤家寡人，少數朋友全是軍公教，不怕不服管，外省人搞陰謀，尤不可赦。抓一個就消滅了一個。」

但是記得在偵訊室，偶爾會聽到對人犯這樣子暴跳如雷：「你們臺灣人還不知足！冤枉你怎樣？冤枉你這不知足的臺灣人，你能怎樣？哈……」

這就和教官講的原則不一樣了。但是，對外省人犯，有時候也凶巴巴地捶桌子：「像你這種歷史不清楚的外省匪嫌，殺一個就少一個，收屍做忌的人都沒有。你想活命，就跟我合作。」有時候也能和顏悅色，也裝著苦口婆心，對一個老兵說，「像我們外省人，在臺灣，死了一個就少了一個了。因此，我們保護你都來不及，怎麼會坑害你……你就說你一時不滿現實，一時糊塗……我們交了差，一定設法把你放了，就憑你態度好，知所悔悟。」

但究其結果則毫無差別。千方百計叫你編一個案情之後，臺灣人、外省人，全送進黑牢，短則七年，長則十年十二年。管你是冤假錯案。而憑良心說，外省人往往還眞判得比臺灣人重。

則究竟誰是猶太人，誰是納粹？

他們憑什麼天涯海角追殺我？

憑什麼？

頭痛欲死。他們憑什麼？

5

昨夜，月桃和我拉東扯西地說話，後來我終於聽出來，她委婉曲折地要我去精神科掛號。我說你不要和那些自視很高、其實沒有什麼大本事的醫生一般見識。「不就是穿那一身白衣服，脖子上掛個聽診器罷了。」我說。月桃緊抿著嘴，估計是生我的悶氣了。「你爲我好，對我好，我都知道。只是看病的事，由我主張，」我說，「這一年多來，我拖著你到處找醫生，我看病還嫌少嗎？還嫌不勤快嗎？」

但未料月桃竟開始戚戚哀哀地流淚了。她說，她眼看著我憔悴了，瘦了，有時看著我臉上發白，喘著氣呼吸，恨不得這些病都生在她身上。我說此生有她，是我福氣。說她對我眞是好。我說，這生病期間沒有她，料想我早死了。月桃聽了，竟開始揚聲哭了起來，幾近於號啕了。漸漸地，我才聽清楚她說，她從做女孩的時候起就命苦，「苦過了黃蓮」，她說。嫁給了那個「路旁屍」以後，眞如下了地獄，一回是刀山，一回是油鍋，又一回是虎頭鍘。「是你，這個觀世音菩薩，把我……救了呀，這樣疼人家……」她嚶嚶地哭著，「從來……就沒有人疼過我，你還說我對你，好……」

月桃撲在我的懷裡，哭得全身發顫。而我又何嘗想死。想死就不會去看醫生、做檢查，那麼勤快。但不想死，他們究竟還是要找上門來報仇討債的。但我這心思和憂愁，是斷不會說給月桃知道的。而我其實眞是害怕……

但偶爾我就想，如果我能像月桃那樣相信神明就好了。自我生病，她不知道爲求神問卜跑了多少路，花了多少錢，聞凶則憂煩，聞吉則歡喜。但他們遲早終於要尋上門來報復，是一個定局了。我想著這樁事，已非一日。要是我有神明可信，就可以把這些捂在心裡的全倒給神明去。

就比如說快一個月前的一個夜裡，我從一個夢裡醒來。我夢見我不知因何爲一個老太太搬東西。我以兩手環抱著一只極其沉重的箱子，爲她搬上一部藍色的小貨車，搬得兩臂酸痛。但後來我也很快地忘卻這並不特別離奇的夢。然而這三天來，我的一雙胳臂忽而開始覺得酸痛，時而痛得灼熱炙人。月桃說這大約是人說的「五十肩」，去看過治跌打損傷的師傅，他說不是，說五十肩的症狀有個特點，手抬不過肩胛，我沒有這現象。

一直到昨天半夜，在失眠的恍惚中又復想起了那搬箱子的夢，突然記起了在夢中我曾不無埋怨地問那老太太：「什麼東西會這麼沉？」

「還不就是一些書嗎？」在夢中看不清其形貌的老太太說。

我於是驚駭地想起了一件往事，心悸如鼓了。

那時候，我和小董才認識不久，突然一個命令把我調到S市的一個「文化據點」。我的前任將佈建在S市幾個高等院校的學生移交給了我，其中T學院物理系的林育卿表現最積極。那時候，美國好萊塢式的電視連續劇《無敵神探》（CIA Stories）很受年輕人的歡迎。穿著豎起領子的風衣，英俊瀟灑，神出鬼沒，既擅智謀，又專搏技，連連打擊來自邪惡蘇聯的間諜，捍衛了美國的民主……林育卿就很迷這部連續劇。

娶了小董後幾年，外交上的風雨餘波未平，我局奉命在全島範圍的文教界悄悄清洗一些思想、言論和政治不穩人士。我和各校的佈建學生吃飯，傳達任務，反應和表現最熱心的，也是這出身於東部鄉下的林育卿。也說他注意到一位共同科歷史教授的、隱約的「親匪言論」。我當然鼓勵他凡這位歷史老師的課和他課外、校內講演要全程參與，並且進一步接近這位老師。

不到一個月，具體情報相繼送來。這位昆明籍的阮老師說共產黨早在十多年前試爆了原子彈，鴉片戰爭之後，中國這才有了自己的國防；說共產黨其實也搞一些建設，舖了不少新鐵路，「這其實是在按照國父孫先生『建國大綱』的藍圖辦事……」不久，阮老師果然被抓走了。對於我和林育卿，這是頭一次經驗，感到莫名的興奮，但也有一層害怕。

林育卿受命繼續監視阮老師的宿舍，查看有什麼生人出入連絡。打回來的報告，都說什麼人也沒來，連隔壁宿舍老師的家眷也避之唯恐不及，無人聞問。原來阮老師七年前喪偶，就和年老無依的本省岳母一起生活。現在阮老師叫人帶走了，老太太終日以淚洗面。林育卿原來躲在遠遠的地方觀察，後來我同意他去認識老太太，幫忙她打理生活。

「阮老師家，竟而很窮苦呢。」林育卿低著頭說。他說老太太年紀大了，收掇被搜查得一團亂的阮老師的書房，老太太都淚流滿面，沒有力氣收拾。洗衣機壞了，老太太一個人用手洗衣服，「搓兩下衣服，揩一回淚水，幾件衣服就洗上一個上午。」林育卿沮喪地說，「煮一鍋稀飯，也沒怎麼吃。」林育卿還說，老太太不會講國語，一邊悶聲哭，一邊問這麼孝順的女婿怎麼會是歹人。

有一天，林育卿來，不料突然說，「李大哥，我們是不是抓錯人了。」他獨語一般地說。他說他過去查報阮老師，「也許說得不夠準確。」我想起了他用極爲工整的字寫成的報告：某月某日，在課堂說了什麼。「例如，阮老師說共產黨爆原子彈成功，但人民生活苦。他也說共產黨說，寧要核子，不要褲子。」林育卿說，「李大哥，比如這一條，後面那兩句話，我就沒寫上。」他說他現在很苦惱，弄不清當時是忘了寫上，還是故意不寫。而這樣說著，林育卿竟而有些哽咽了，使我大吃一驚，不知所措了。

我連忙勸慰他，說政府一定毋枉毋縱，依法秉公辦理，絕對不會冤枉無辜的人。五個多月之後，判決下來了，阮老師「爲匪宣傳」，判了七年徒刑，林育卿幾乎崩潰了。有一天他來，對我怒目而視，又淚流滿面，不言不語地坐了一會，黯然離去。這以後，他開始給校長、給內政部、教育部寫信，追悔他查報不實，力辯阮老師的無辜，力言政府必能查實，還以清白，而且他願隨時候傳作證。當然，這些寫得工工整整的每一封信，皆如石沉大海，渺無回音。到了最後，他開始給當時的蔣經國院長寫信了，據說始則一月一信，繼而一個禮拜一封，再繼而每日一信，我被局裡叫回去究問，遭到一番訓斥，還虧了丁秘書緩頰方才過去。而林育卿早已精神恍惚，形容枯槁，終至於由警察陪伴著從東臺灣迢迢而來的老農民夫婦，辦了休學，把林育卿領回家去。

這件事使我受到局裡的申誡，說我處理不得當，萬一鬧了出去，就不能收拾。一日，上頭通知要把我調離這個文化據點，同時給了我在據點上最後的一件差事。由於阮老師判決定讞，學校必須把阮老師的宿舍要回去。老校長究竟不忍對老太太煎逼過甚，寬限了近半年了，但終於必需讓老太太不日搬走。上頭要我就近監看，搬家時有沒有出現不明來路的人……

我站在學院宿舍一棵垂著飄飄的鬚根的老榕樹下，看著白髮的老太太把綑得不結實的家當搬上藍色的小發財車。司機看了一會，捲起袖子爲她搬了床架、桌子和兩籃滿滿的廚具。我看著老太太在烈日下艱難地搬動，不覺走出了榕樹的樹蔭，還沒等回過神來，就發現自己正加入搬家的行列了。我搬的是一箱箱沉重的紙箱，只搬了幾趟，我就開始氣喘，臂膀酸痛。

「什麼東西這麼沉？」我憋著氣說，笑著。

「還不就是一些書嗎？」老太太細聲說，「我哪知道哪些書他要，哪些他不要……」

「嗯。」

「我只好全部搬走了。」老太太茫然地說，「要不然，將來他回來了，找不到書……」

我忽然覺得無所措手足，不覺訕訕然走開了。「……將來他回來了……」老婦人的自語，在我的耳際迴盪不去。

記得就是當日的第三天開始，我的臂膀開始酸痛，至第三日爲最。我買了「擦勞滅」軟膏擦了幾天，也逐漸就好了。

如今，這無來由的雙臂灼痛，使我忽而想起了這密實地塵封多年的往事來，想起了那無依的老婦人，尤其無法不去不斷地想起那寫得一手工整的好字的林育卿，痛苦不已。

而如若是他們來尋仇，我只有默然受死了。

6

月桃說我近來喜歡關門拴戶，問我究竟害怕什麼。她哪裡知道他們已經在踩著貓步，寸寸進逼而來了。他們終於要來取我性命的。林宅祖孫雙屍案發生後，現在我回想起來，那個新竹鄉下的陳專員就冷笑。那不分明在說：「逆我者死」嗎？

其實應該說我老早就料到了。解嚴以後，開放有線電視台以來，他們就巧妙地偶或通過Call-in節目，把訊息傳給我。

前天晚上，我又看見那趙委員在節目中說話。他總是說，「臺灣、中國，一邊一國」。他說這是歷史現實，也是現狀。而倘若國民黨和共產黨要聯合起來，併吞了臺灣……趙委員講話時，嘴角總是帶著一抹白沫，讓人很想爲他揩去才安心，因而往往使聽的人分了神，不能完整地聽到他的發言。

從螢光幕上，他偶爾裝著若無其事地用他的眼角餘光掃著我。他自然是知道我在收看他的發言的。然而，我卻禁不住苦苦思量，那一年，他在偵訊室裡挺了兩天，又哄又勸，就是怎麼也不開口。換了那位新竹鄉下出身的陳專員上陣。他先是和顏悅色，不料突然勃然大怒，對著這趙某左右開弓，「你說是不說！」陳專員怒聲說，「×你娘！你當我們吃飽了飯沒有事，陪你在這兒慢慢耗？你，給我站起來！」

趙某的臉漲得血紅，目中露著恐懼和悲忿。他喘著氣，緩緩地站了起來。「你們怎麼可以打人呢？」他用顫抖的聲音哀怨地說。「啊呀！」陳專員色若極其詫異地說，「你居然不知道我們會打人哩。」他一個箭步撲向趙某，拳打腳踢，大聲嘶吼，「×你的媽，我就打，打死你這個國家民族的敗類！」

長官帶頭的暴力，竟然使我們坐在一旁的幾個小調查員也感染了某種對於暴行的嗜欲，不知不覺間，也參加了拳打腳踢。

我當然也出了手，踹了腿。但是，趙委員，我可以發誓，這是我平生第一次，唯一的一次打了人，事後想起，也不是沒有悔恨。但就是那一頓打，把你趙某也變了一個人。你變得十分沮喪、軟弱、無助。陳專員於是就沒有再出現了，換來一個白面斯文、帶金絲眼鏡的、在山莊高我五期的史學長，聲音溫柔，和風細雨。你變得那麼謙恭、合作，把我們希望你供、希望你攀連的人、希望你來補圓的案情破綻全供了、全圓好了。最後史學長說，「這三個月來，我們長官對你良好的態度都很誇獎、很感動。」他說趙先生熱愛政府、關心臺灣的用心，「我們都知道。正因爲知道，才請你來把話說個清楚，將來我們還要合作、繼續請益之處多著，」史學長誠懇地說，「大家都爲了愛國、愛鄉嘛……」

後來，聽學長說趙某他「終於爲我們所運用了」，大約因此在大審中果然判了感訓——雖然不到兩年後又因「悛悔有據」，提早釋放。對我來說，重點是，他如今在電視上瞄著我說些政治上的狠話，如果都是他的眞話，就分明是衝著我說了：天涯海角，終究要算那筆帳。如果是假話，果眞被「我們所運用」，那也是僞裝。他們的黨也組成了，戒嚴令解除了，他們怕什麼？還能被「我們所運用」嗎？不可能。他們在僞裝，無非等有朝一日，伺機對我下手。

其實，當年在山莊上課的教官就曾說過，爲了保衛國家，像我們這種「無名英雄」，在不同的機關、單位，層層疊疊，全島一共少說也有十幾、二十萬人。就像我一樣，他們都還健在。只不過和我大大不一樣的是，我疑心這一、二十萬人也已經各自秘密地成爲他們的人了。我其實也想變成他們的人，只是不知道跟誰接頭去，以便把那次對趙某動了粗的事解釋明白。就是昨日，我也還在電視上看到了滿頭染過的黑髮，穿著畢挺的西裝的N教授，在一個座談會上，說臺灣今日的民主化，是幾代人對抗獨裁政權、前仆後繼，不惜破身亡家的結果。我記得他。二十多年前，局裡把在全省各地佈建的人全部聚在一起，包了兩輛高級遊覽巴士，帶到恆春國家公園度假，局裡指派我去當旅程的招待。這些人裡面有記者、教授、獅子會的會長、中小學教師、播音員、村里長……當時我就不明白，把他們一鍋子公開煮到一起，都互相認得了，怎麼就不講一點秘密原則。N教授——當時還只是個講師——還帶了他新婚的妻子參加了旅行，一路上恩恩愛愛。

但是問題卻是一樣的。如果現在N教授在電視上講的是他的眞心，他就已經背離了我們。而那些話，其實就只有一個意思：時代要變了，你們當年要了去的，一分一毫也不能少，看我們找到你，全要回來。如果他們講的是門面上的假話，其實也是僞裝的，目的還是伺機襲擊。

十幾二十萬人，在茫茫人海中四處漂浮。他們平常都像趙委員、N教授，都裝著一副若無其事的臉孔。其中估計倒向他們的也倒過去了；隱遁起來的也隱遁好了，卻只剩下我一個人，沒有人來接頭……十幾、二十萬人，他們在一旁冷眼窺伺著你，有人冷笑，有人等著食我之肉而寢我之皮，有人把什麼都推得乾乾淨淨，一切事不干己……十幾、二十萬人啊……有人也還在錄音、跟監、搜證……

7

月桃總是說，近來我變得疑神疑鬼了。她不知道，我關門拴戶，也是爲了她安全。她哪裡知道，他們只不過因爲我曾對趙委員不禮貌，就堅心要除去我，說不定也連帶地要除去她。

失眠的情況，曾經有一度稍癒，但不久又難眠如故。過去頭痛，是突發時才覺劇痛，現在則似乎已經慢性化了，終日悶痛、耳鳴不已。我委婉地勸告月桃儘量不要出門，月桃是聽的，然而她如何能知道我的苦心。

我忽然想起我在C大讀書的日子了。那時，日子過得多麼年輕、單純，三年級的時候，我還在一個社團刊物上刊了兩篇散文，在人前裝著一副無所謂的態度，回到寄宿舍裡，卻一個人來來回回地把登在刊物上的自己的文章讀它幾遍也不厭煩。

而後來，我怎麼就去考到局裡了呢？

否則，我是不會落到今天這步田地的。

8

看報才知道蔣經國總統逝世都十周年了！時光飛逝，竟有這麼快。但是報上的消息刊得不大，只有一個巴掌大的篇幅。然而怎麼就那麼湊巧，前天晚上發了一場大病，竟也因十年前的一次遭遇引起。

「這巧合的十年，有什麼意思呢？」我困惑地問月桃。而月桃只是凝視著我流淚。她用雙手撫摸著我的臉。「清皓哥，你病了。眞病得不輕。」

她說當她把做好的衣服分送到幾個顧客家，回來就看見我昏倒在床邊的地板上。「回程裡，我不該在一家鞋店裡看鞋子，看了半天，也沒捨得買。」她自怨地說。她說她二不該爲了省錢，雖然惦著我一個人在家，還是去搭了公車，「都讓我誤了回家的時間。」她看著我的臉，問我怎麼回事。這次我就沒像過去那麼有把握了。怎麼回事？我只是忽然想到一件往事，就全身發顫，一身都是淋漓的冷汗。然後，就眼前一片黑暗，不省人事。「你是呀，是一身冷汗。」月桃說，「都擦溼了兩條乾毛巾……」她嚶嚶地又哭了起來。「清皓哥，你病了。我們去看病……看精神科。」她說。

現在我又睜著眼在夜半裡瞪著天花板。月桃在睡夢中輕輕地拉著我的手。我開始細細地想著前日發病的前前後後。

那天，月桃出去送衣服之後，心中感覺到那可怕的、沒來由的淒楚，直要叫人掉淚。我隨手以遙控器打開電視，竟是新聞紀錄片《十年煙雲》。民國七十七年元月，蔣經國總統去世，接著是繼任總統視事。二月，在野黨組織了「二二八和平促進會」。這在那時一年前，準抓人了，我看著螢光幕自語地說。三月，他們繼之發動「國會全面改選大遊行」。

電視螢光幕的鏡頭是從大廈高樓俯拍下來的。我看仔細了，才知道是D街和E路的交叉口。螢光幕的右上方，排列著重重拒馬、保警的囚車和兩輛雄偉的噴水車。我想起來那時我正是在萬頭鑽動的人潮中。雖然提出了辭呈，因爲尚未批示，我仍然銜命便衣去現場搜證。電視機傳來鼎沸的人聲。我回想起來，當時我人在地面上，不知道後頭早有政府鎮暴的陣勢，但覺前後左右，全是他們亢奮地吶喊的人群，我感到了膽怯。這時，從路上開進來一小隊群衆，拉著上寫「臺灣、中國，一邊一國！」的白布條。隊伍跟前，有一個穿灰色夾克的男子，用繩索拴著一條小白豬，小白豬在人聲中驚惶失措地竄，而小白豬身上被人用利器刻著「中國豬」幾個歪歪斜斜、滲著血絲的字。人群中傳來笑聲。小白豬「嗚嗚」地叫。我聽見了抑壓而亢奮的聲音：

「臺灣獨立萬歲！」

那時候，我第一次感覺到外省人的自己，已經在臺灣成爲被憎恨、拒絕、孤立而無從自保的人。我想起了一家「地下電台」裡有一個人說，他是外省人第二代。他去他老爸在東北的老家，人家請他在炕上吃酸菜火鍋，「又髒又臭，叫人噁心」。他於是說，他對大陸完全沒有感情。「我裡裡外外是個臺灣人了！」他說。有一個臺灣人用臺語說，他反對「一個『幾拿』政策」。問了別人，才知道人家把中國都叫成「支那」了。我感到一陣突如其來的、空虛的、深淵似的恐懼。眼前螢光幕上的吶喊，沸沸揚揚，使我頓時彷彿又置身在十年前的街頭。而他們竟而從高處拍下了全景。他們必然可以用電腦定格調近放大，把當時潛伏其中的我找出來的。我感到一種遠遠比擔心自己被指認出來還更大的憂慮、不安全和從骨髓裡傳向全身的恐懼，冷汗直流。我想我是必死無疑了。我掙扎著要走進臥室躺下，但巍巍顫顫的四肢，究竟讓我摔在床邊。

「月桃救我。」我絕望地呼喊，而後人事不省。

報復尋仇的厲鬼就要上門。我又想到那鼎沸的吶喊和萬人行列中，到底誰是猶太人，誰又是納粹的問題，卻總不得其解。

然而，我終於讓步了。我深思之後，終於答應月桃讓她帶我去R醫院看精神科……她哪裡知道，這是因爲我已經絕望至於無極的緣故。

9

我其實是早就料到的。那個把下巴刮得像早收的青色的高麗菜似的醫生，東問西問，後來果然開始問我有沒有某種「被壓抑不宣的內疚」，又問我有什麼長期讓我不安和憂慮之事。

我當然斬釘截鐵地說沒有。「沒有。我能有什麼內疚，笑話，什麼叫罪意識？」我笑著問他。他狡黠地聳了聳穿白衣的肩膀，「隨便談談罷了。」他說。「隨便談談」，其實就是偵訊方法中的一種，一旦「談」出了破綻，那就緊咬不放，沒完沒了，這是我受過的專業訓練，他們豈能欺我？我在心中冷笑了。我自投了羅網，他們竟扮成了醫生，來套你的口供了。我竟無所逃於天地之間嗎？

醫生說這一次先不開藥給我。他做對了。我怎麼會去吃他開的藥呢？但護士帶我去量取我的身高、體重這些基本資料時，我看見醫生對月桃簡短地咬著耳朵說話。我想，如果月桃都是……我就認了。我大不了受死就是了。

隔日晚上，月桃勸我吃下一顆黃色的藥片。「菜市場那家新藥房買的，德國新藥，專門營養精神系統。」她說。我料想無礙，胡亂吃了，不料竟蒙頭大睡，至翌日早上六時方醒。

10

月桃終於說那讓我沉睡的黃色藥片其實是醫生開處方單，她去買了來。「醫生怕你不吃他的藥。」她說，「你睡了這兩天，我就知道我們找對了醫生。」月桃喜形於色了。然而，我怎麼就沒想到親如月桃，也會背著我和他們同謀呢？我悲哀得絕望了。

事實上，我睡得絕不安穩。我被連連的惡夢折騰通夜，苦苦掙扎，卻全身無力，睜不開眼睛。「醫生開藥，絕對地是爲你好。」月桃爲我打氣似地說，「現在你能一天睡上大半夜，我就有了指望。」她要我對她「行行好事」，按照醫囑，看病吃藥。

吃了幾天藥，照實說，對病情基本上並沒有改善。我自己的病，我自己最知道了。我依舊感到徬徨不安，焦慮無依，心情無比悲戚。只是那黃色的、一種叫做Iproniazid製劑的藥錠，似乎使世間萬事變得遲滯緩慢，而其實是讓人沉落到更深、更其徹底的絕望罷了。

而醫師和月桃卻欣欣然以爲我的病況有所改善。上個星期的一天，月桃說，「醫生說，你不能這麼終日關在家裡。偶然也得出去，曬曬太陽，活動活動。」她幫我刮鬍子，爲我穿西裝時笑說我一口氣瘦了幾圈。她然後說她要把幾套做好的衣服送去給幾個客戶，約定我中午十二點在一家臺北市最大的百貨公司大門口見面。「我帶你去吃館子，逛逛街。」她說。

我來到據說是日本人開的那一家大百貨公司。百貨公司的兩扇大門不斷地吞吐著萬頭鑽動的客人。五月的陽光已略覺炙人，明亮地照耀著這首善之區的高樓和大廈。街上熙攘往來著車潮和人潮。時間才過十一點半。但是我卻開始感到輕微的煩躁了。我隨著人潮，在百貨公司的門口空地上繞著圈子走。百貨公司的大門兩旁，豎著波麗隆雕成的、漆成金色的大蟠龍，應該是慶祝龍年新年留下至今的美術工程。兩個誰家的小孩搬著金龍的尾巴，聒噪地嬉鬧。正覺無趣，我忽而聽見身邊有人說：

「李先生，你瘦多了。」

我一抬頭，看見一個頭髮灰白的高個子老人。我確定我必然不認得他。我環顧左右，懷疑他本就不是對我說話。

「我在這兒看著你很久了。」老人侷促地笑了起來，低聲說，「準是你沒錯的，李先生。」

「你怕是認錯人了。」我說。

「我是福建南靖師範那個案子的張明。」老人說，「記不得人，也一定記得這個案子」。

我感到肚子開始抽痛，心在劇烈地跳動。也是剛剛考進了局裡，外交上颳大颳風的那些年，臺中一個專科學校的老校長出來辦「自新」，交待了他在福建南靖師範讀書時代參加過一個讀書會。上頭順藤摸瓜，要把撤來臺灣的、和他同期和前後期的南靖師範生從臺灣各個角落全請到局裡，經過一番「敲敲打打」，讓口供互相咬死，這就終於破獲了「南靖師範潛匪案」。當時在一個高級職校當教務主任的張明，就是在這個案子裡被攀供出來，最後到案的人。他膽子小、掛慮重。抓進局裡後，他很快地按照原就快要完成的劇本作供。他日日記掛病重的妻子，擔心丟了學校的飯碗，一邊哭，一邊寫供狀。到了最後，看過供狀的長官特地到偵訊室裡來看張明，讚賞他「深明大義，坦誠合作」。張明從此滿懷著被政府從輕發落的信心，被移送軍法處。

但張明被判了十年。

「你一定是病了。」張明關心地說，「你臉色不好呢。」

張明扳住我的肩膀，像個老朋友那樣走在人挨著人的大街上。我覺得我的肩膀僵直了。我開始頭皮上和臉上冒冷汗。

「這些年，身體不太好。」我囁囁地說，「你好嗎？」

我立刻被自己的「你好嗎」所透露的愚蠢，悔恨不已。

張明沒說話。我忽然感覺到他的扳著我的右肩的手在微微發顫。

「第二年，我那老太婆就死了。」他茫然地說。

現在我像一個被押往法庭上的重罪犯。哦，他們終於直接找上我了。

「女兒沒有嫁出去，現在背著我這個無用、累贅的老人過苦日子。」

「……」

「小兒子早離家出走了。他爸被說成是匪諜，他受不了。」他喁喁地說，「天地良心，我哪裡是什麼匪？這你們最清楚不過了。」

我猛地一個轉身，甩掉他的手。張明卻很快地追上了我。他拉住了我的衣角，「你別走。我想問個明白，當時你們何苦睜著眼睛編派，硬派我們是奸匪……」他說，語聲開始激昂了。

我開始氣喘，我感到至大無邊的恐慌，心臟酸痛。我撥開他抓住我的衣袖的手，快步走進那家擠滿人群的大百貨公司。「喂，你別走。」他在我的後面喊叫，「你們害的，家破人亡呀！」

我慌亂地在化妝品櫃台間撥開人群急走。把整個臉塗滿了脂粉的櫃台小姐對著我笑。「先生，母親節護膚系列禮盒，買了送給夫人……」她說。我迅速地看了看周圍，沒有一個人注意到我，情侶自顧一邊走一邊說悄悄話；士女們聚精會神地圍著看一個化妝師爲一個顧客在她臉上塗塗抹抹。「你們何苦，我們家破人亡呀……」張明在人群中叫喊，幾個把頭髮染成黃金色和藍色的女孩循聲回頭去看，然後掩著嘴吃吃地笑。

我快速攀上到二樓去的電動扶梯。我壓抑著面臨大禍的恐懼，隨著電扶梯向上升起。我看見了張明在地面上東張西望，焦急地找人。「你別走，我只想問個清楚。」

他揮舞著長臂說著，抬頭望見了我，快步走向電扶梯。「攔住那個人。」他喊著說，「我要問問他。家破人亡喲……」

我看見他站在電扶梯上慢慢上升時我已經到了二樓。山莊裡上過跟踪和反跟踪的課。我一個轉身，躲在一個胖太太身旁，踏上下降到一樓的、滿是客人的電扶梯。我看見張明仰著頭向上張望。我躲在胖太太身旁，把臉別開。「攔住那個人呀！」張明大聲說。他突然看見我了。「攔住他，他是國民黨特務！」然而他卻不能不繼續隨梯上升，很快地和我拉開了距離。

我想我一定會被在這百貨公司裡的人衆揪住，亂拳打死。「那個人一定是個瘋子。」那滿面脂粉的胖太太笑著對我說。我心境慘惻地笑了。但我注意到滿場鼎沸的人群中皆都若無其事，拎著滿載的購物袋，笑容滿面。沒有一個人在意張明的悽厲的叫罵，有人看著張明竊竊私語，有人對他咧著嘴笑。「攔住他！國民黨的特務！」張明有些聲嘶了，「我幾十年忠貞黨員，讓他陷害忠良……家破人亡喲……」

我的心在猛烈地悸動，胸口窒悶。我逐漸明白了。這百貨公司和這城市裡滿坑滿谷的人，都佯裝不知，僞裝若無其事，事不干己，其實就是要對我下手的前兆。我看見三個百貨公司的警衛在電扶梯口守候著叫嚷著的張明。我看見在我身旁向上升去的電扶梯上的擁擠的人們，全都耐心而漠然地等待著電動扶梯把他們慢慢送上他們要去的樓層。

「攔住那個國民黨特務！喪盡天良的，」張明呼喊著，「害得人家破人亡！」

我彷彿覺得張明在聲嘶力竭地向整個城市叫喊。而整個城市卻報之以深淵似的沉默、冰冷的漠然、難堪的竊笑，報之以如常的嫁娶宴樂，報之以嗜慾和麻木……

而這正是他們的險惡。多少在過去到處矗立的銅像，早被悄悄地一個個拉下來了。現在電影院開場早已不唱「三民主義，吾黨所宗」了。K市事件的、當年千方百計硬送進黑牢去的陰謀份子，如今大抵都成了委員、代表和知名學者。十幾、二十萬曾以「同志」稱呼過我的人，如今倒向他們的都倒向了他們，隱遁起來的全各自隱遁了；變身成爲教授名流的，全都忙著在螢光幕上吹牛皮，但就是沒有人，至於今竟沒有一個人來找我接頭，指給我一條生路。我曾經一直相信丁秘書終於會來接頭的。過去有多少難關，莫不是他老人家幫襯才過去的。半年前，我覺得無路可走了，特意去看過他老人家。但他只是不住地說，「怎麼你就瘦了幾圈，有病嗎？」除此以外，他老人家就銅牆鐵壁，守口如瓶了。我們要倒過去嗎？要隱遁嗎……我不住地在心裡問他老人家，他老人家卻自沉默不語。

電扶梯終於把我送到一樓地面。

十幾、二十萬人哪！你們是這城市裡到處漂流籠罩著的夜霧。我做了什麼，竟讓你們把我一個人扔進了豺狼的洞窟，卻又鐵了心腸不肯來連繫。哦，你們這籠罩著這大城市的夜霧，無所不在、陰狠、寒冷的白色的夜霧……

「我要攔住那人……」我聽見張明在我的身後嘯喊著說，「你們爲什麼抓著我不放？攔住那個人哪！」

我衝撞著走出百貨公司的大門，無目的的疾走。不久，我聽見一陣高跟鞋急迫的步伐。月桃從後面一把抓住了我的胳臂。

「等你半天，你這個人……你是到哪裡了？」月桃喘著氣說，「把人急的呀……」

我淚如雨下了。

丁士魁細心挑出了這十篇劄記，給邱月桃打了電話。

據邱月桃說，自從打百貨公司叫計程車把李清皓帶回家，李清皓就開始慨慨不語，整天面向壁板，弓著身體躺臥在床上，每餐都要她百般央求，才開口吃幾口飯。R醫院的精神科派車子來，冷不防在他胳臂上打了一針，趁著他半昏睡之際，送到醫院住院。

住院治療確乎時或使他好轉。只是他變得表情、行動滯緩了。他變得嗜睡，整天可以是一個睡姿在床上睡睡醒醒。有時候情況更好一些，醫生就允許他回家小住。在家中，李清皓總是沉默地坐在客廳，沉默地吃飯，但他的臉上已經明白地失去了往日某種無告的苦痛和焦躁，但覺得他人在家中，心神卻不知馳走何方。從而，在安靜地坐著的李清皓的陪伴下，邱月桃專心地在裁縫台上剪剪裁裁，時而熨燙，時而車縫，又時而望一望沉思裡的李清皓，竟也感到某種酸楚的幸福了。

但病情時好時壞。轉壞時，李清皓就被送回醫院，迨緩好時再回。但總的趨勢卻在往惡化徐徐發展。

直到約莫四個月不到之前，邱月桃最後一次把李清皓送回醫院病房。他變得更加緘默無語，神情僵木，表情茫漠中透露著某種深不可探其底的淒惻。醫生和護士問他什麼話，他一概只低頭不語。他幾乎失去了攝食的任何意慾，只有護士——尤其是來探望的月桃餵食時，他才偶然勉強地、緩慢地把餵進嘴裡的食物呑嚥下去。

這樣渾渾糊糊地，李清皓在精神科病房過了三個月。而忽有下著大雨的一日，李清皓把睡褲倒著綁在浴室的蓮蓬上，把頭伸進了褲襠，而後猛然跪坐下來，自縊而死。

和邱月桃通了電話以後的次日，丁士魁透過醫院人二部門一個相識的學生，到醫院約見了主治醫生。

「他表現為慮病、焦慮和憂悒。」醫師說。他說通常這些精神症狀源於潛入下意識的、病人的嚴重內疚和犯罪意識。醫師翻著李清皓的病歷說，在治療上，除了藥物治療，最好能配合心理治療才好。「我們試過了，希望他逐漸把他的內疚透露出來。」醫生歎息了。「但他守口如瓶，什麼也不說。」醫生說。

「他什麼都沒說嗎？」丁士魁說。

「有些病人就是這樣。」醫生說，「要他們說，需要很長時間。」

「他什麼也沒說了。」丁士魁說，舒了一口氣。

「守口如瓶。」醫生說。

丁士魁從醫院換幾道公車才回到他那種著一棵老樟樹的院子裡的家，隨手打開了冷氣。現在他終於可以把李清皓作為一個卷宗，關起來歸檔。「他什麼也不曾說，好傢伙。」他默然地說。

然而這以後，丁士魁忽然因爲無來由的高血壓，足足養了五個月的病。病癒之後，他想開始寫一份報告附在李清皓留下的文件上，然後送到局裡研究，而後存檔封存。

丁士魁想寫的是，時代劇變，調查工作的三大支柱——領袖、國家、主義——已經全面遭到變動的世局極其強烈的挑戰。他想起了民國三十九年後隨著幾年強烈的肅共鬥爭，他把成千上萬的共產黨在風風火火的肅共行動中經過百般拷訊，送上了刑場、送進了監牢，終竟保住了國民黨的江山，當時靠的正是對領袖、國家和主義的不搖的信仰。今天的挑戰，對調查工作的衝擊，李清皓內心嚴重的糾葛，就是生動的說明。

但冬天過去，接著是一連幾個月，新總統的選情不斷翻攪，直至塵埃落定，整個局裡的工作情緒，上上下下，一片錯愕與混亂。丁士魁開始認眞盤算退休，到美國東部投靠兒子，李清皓案的報告也於是又擱置了下來。

一日，丁士魁從廁所淨手出來，踉踉蹌蹌地抓起了也不知響了多久的電話。

「打攪您睡午覺了。」電話裡說。

那是一個丁士魁最早期的學生，現在在政府中央的局級安全機關工作的許處長的電話。

「早就沒有午覺的習慣了。」

他笑著說。他想起了終年理著平頭，長得踏實，出身於嘉義鄉下的這個學生，廉潔幹練，深受賞識。

「丁老師……」

「不敢當。」

「新政府了。」他說，「他們指定了我找幾個老同志商議商議……」

「哦。」

「國家安全，片刻都中斷不得喲。」許處長說，「我已經荐舉了您，提到中央上來，咱們一道把工作承擔起來。」

「可是，時代變化這麼大……」沉默片刻，丁士魁說。他的心臟不由得欣快地跳動起來。

「丁老師，時代怎麼變，反共安全，任誰上台，都得靠我們。」

「那也是。」他壓抑著喜意，狀似平淡地說。

當丁士魁掛了電話，這才發覺大雨竟不知道從什麼時候開始刷啦啦地打在落地窗外小院子裡的老樟樹上了。

二〇〇〇年三月廿八日，四月一日定稿

——二〇〇〇年十一月廿五日—十二月五日《聯合報》副刊

忠孝公園

1

馬正濤站在廚房裡的流理台邊，看著在小白鐵鍋裡慢火燜著的肉。他喜歡番茄燉梅花排骨，隔兩、三天就燉上一小鍋，以又鮮又帶著果酸的肉湯泡白飯，就著燜爛的肉吃。抽風機嗡嗡地哼著。他時而拿著乾淨的抹布，在火爐邊不銹鋼的流理台上抹來抹去。馬正濤愛乾淨。人都說東北人不愛洗澡，但馬正濤這東北老漢卻格外喜歡洗澡。民國六十八年他因糖尿病提早從機關退下來，託關係到銀行貸了一筆不算多的錢，在和鎮的一條老街上買了一幢老舊平房。那時的房齡都快二十年了。加強磚造，又薄又舊。但馬正濤看上它獨門獨院，可以不必與左右鄰舍拉扯，可以一個人過日子。然而即使這麼老舊的房子，馬正濤除了請人徹底打掃、重新粉刷過之外，基本上沒怎麼裝整。但唯獨不惜把舊浴間敲了，改成較大的、一律進口瓷磚和衛浴設備的新浴室。

馬正濤北人北相。年已八十了，但老齡並沒有使他明顯頹萎。來臺灣之後，打了幾十年光桿兒，總是習慣一個人吃飯。他有一張方形的、舊的桃花木餐桌。他把那一小鍋肉端在飯桌中間，一個人開始默默地吃飯。他的個頭大，龐然地佔著飯桌的一方，以故雖然還空著三個位子，在垂掛在飯桌上的、暖人的電燈光下，卻絕不嫌空蕩寂寥。

馬正濤愛吃。他時常歎息，來臺灣之後，再也沒有往日在東北時的講究了。收拾沖洗碗筷的時候，他漠然地想起日本打敗的那一年。那時整個東北固然萬衆騰歡，但也是遍地的生靈苦哀。然而就有一撮商人和滿州國時代的官紳特務，成天忙著賄攏從四川的中央來的方面命官，日日大宴。烤乳豬、酥脆石榴大蝦、生扣鵝掌等打仗時期在東北連日本人也不曾見過的佳餚美味，那些紳豪官商就能變戲法兒似地張羅了來。馬正濤在回憶中笑了起來，無聲地詛咒了。日本人馳騁全中國的時候，全都躲到後方的再後方去的中央大員，一說收復，兵都沒到，這些將軍、委員、督察早全到齊了，紙醉金迷、燈紅酒綠。

「呵，他媽的……」

馬正濤輕搖著頭咧開嘴對自己笑、對自己說。馬正濤天生的一張笑臉。他說話的時候帶笑，聽別人說話的時候也帶笑。甚至於跟人爭執起來，也能看到他一張大國字臉上的陰氣的笑意。在路上走，一個人在家裡，想起了什麼即使不是開心的事，他也總是咧著嘴巴笑。在東北，他有個諢名，叫「笑面虎」。

事實上，馬正濤方才吃飯的時候，因為想到了一個林老頭兒，就一邊啃著嫩骨，一邊無聲地笑著。現在他坐在他的小客廳裡一張籐搖椅上，輕輕地搖著蒲扇，想著早上看到的林老頭的模樣。

馬正濤在住家附近的一個社區小公園裡認識了他自己私底下叫成「林老頭兒」的林標老人。這個因爲座落在忠孝路上而命名爲「忠孝公園」的小公園說小也不小，種著十六株老樟樹和六株木棉樹。樟樹的樹幹不直，樹皮上的裂紋疙瘩乍見彷如青松樹，但那枝葉婆娑，葉色在春天新嫩時和在夏天最蔥悒時都很好看。木棉樹在夏天開花的時候，竟能在亞熱帶的臺灣，當衆樹正茂時，把樹葉搖落淨盡，卻在槎枒光禿的樹枝上盛開著橘紅色的、大朵大朵的花，像是人在一棵假樹上紮上紙做的假花似的。

馬正濤每回在五、六月間看見裸露著枝梢的木棉，就會想起遍地雪封的東北農村裡，一排排枯索無葉、在飄雪的北風中顫動著枝枒直如枯樹的白楊來。忠孝公園裡一直有早起的老人打拳、做體操。但這五、六年來，停在忠孝公園旁的私人轎車越發多了，終竟把一個小公園團團圍住，連出入口都堵著了。來公園活動手腳的老的和半老的人於是逐漸地少了，兩年前，就只剩下來甩手的馬正濤、每每一板一眼地做完一大套柔軟體操才走的林老頭兒，和一個小小的太極拳班子。總共只十個人還不到，天天見面招呼，自然就認得了。

就是今天早上，馬正濤甩了近一個鐘頭的手，手心發熱，身上也出汗。他走出了忠孝公園，照例走過一條小巷時，卻一眼就看見馬路對過的公車站牌上，站著一身日本海軍戰鬥服、頭上戴著戰鬥帽的林老頭。白色的戰鬥帽上圈著藍色的帶子。白短袖襯衫，白短褲。兩條瘦削的、發黃的腿下，白色的棉襪規規矩矩地翻在一雙滿是灰塵的老皮鞋上。

馬正濤躲在一棵路樹茄冬的背後，張大了眼睛，看著在馬路對過往右張望著公車的林老頭兒。馬正濤想起來，頭一回看見一身日本海軍戰鬥服的林老頭，是十多年前的事了。馬正濤正好上高市辦事，猛一抬頭，就在高市東區的大馬路上，看到林老頭和三幾個也穿著日本海軍戰鬥服的老人，在斑馬線上擋著來車過馬路。馬正濤看呆了。這是那一宗事兒？馬正濤對自己說。要是滿州國垮了之後，還有人穿著滿州國軍的服裝在瀋陽街頭瞎逛，包準被打出人命。他想。

今天早上，馬正濤在茄冬樹背後看著公車來了又走，但林老頭兒卻依舊站在站牌邊張望。但下車的人們，卻很少人注意到林老頭的打扮。和十五年前在高市區看到的，林老頭眞老了不少。那時候，林老頭還不見這麼佝僂，兩條腿也沒那麼削瘦無力。馬正濤在日本人治統下的東北那幾年，即使到了戰爭末期，日本兵源枯竭，調來很多日本老農民來充當關東軍的時節，全東北街上也看不見像林老頭那樣衰老、萎弱甚至滑稽的日本兵。沒多久，連續有三部不同路線的公車進了站。當三部車都開走，站牌邊的林老頭就不見了。估計是又上高市去的，馬正濤想。

現在馬正濤坐在那不大的客廳裡。天色漸晚，他卻把客廳、飯廳甚至廚房的燈全都開著。馬正濤喜歡燈火通明，甚至睡覺時都留著一盞小燈。

他記起來，十來年前在高市東區看到日本兵打扮的林老頭以後，對林老頭起了極大的詫奇心，無法釋懷。第二天、第三天馬正濤看見林老頭在淸晨的忠孝公園裡若無其事地做柔軟體操。他突然記起來，在舊滿州時代，他就經常看見日本人組織的「協和青年團」的東北青年，在淸冷欲雪的操場上，也這樣一板一眼地做完一整套柔軟體操。

第三天，馬正濤有些捺不住越積越強的好奇心，在那小小的忠孝公園裡，老遠堆著笑臉，走到正在做彎腰運動的林老頭跟前，不經意地用日本語說：

「你早。」

林老頭霎時觸電似地停下體操動作，目瞪口呆地看著馬正濤。

「你，爲什麼，日本語，懂得？」林老頭用日本話說著，臉上漾開了最眞摯的笑顏。「外省人，爲什麼，日本語……」

林老頭的容光像是一盞油燈似地、被馬正濤的日本話挑亮了起來。馬正濤說他在「舊滿州」長大，讀過日本書。

「啊，舊滿州。」林老頭快活地說。

「是的。舊滿州。」馬正濤微笑著說。

「小名林標。標是標準的標。」林老頭用日語說，熱情洋溢地伸出手讓馬正濤握住。還沒有等待馬正濤回過神來，林老頭忽然以肅穆的立姿，以朗誦古日語的腔調吟哦起來……

「……賴天照大神之神麻，天皇陛下之庇佑……庶幾國本奠於唯神之道，而國綱張於忠孝之教……」

馬正濤臉上笑著，心中更爲詫異。事隔四十多年，馬正濤竟然在臺灣的一個小公園裡，乍然重又聽到舊滿州國皇帝溥儀在昭和十五年——民國二十九年東渡「親邦日本」、去紀念日本開國「紀元兩千六百年」回滿後，頒佈了「國本奠定御詔書」上的語文！

「還記得吧？」林老頭得意地用日本話笑著說，「一定記得的。」

「哦。那記得的。」

馬正濤喟歎似地說。那一年，他從日本人在滿培養精英的「建國大學」法律學部畢業。溥儀的「國本奠定御詔書」，在寒冷遼闊的東北的機關、學校普遍背誦吟讀。馬正濤記起來，在紅、黃、綠、白、黑五色滿州國旗下，懸掛著溥儀御像的大禮堂，近千師生齊聲哄哄地誦讀的聲音至今猶在耳際。如今，馬正濤還能清晰地記得溥儀的模樣。斯文的臉上，戴著金絲眼鏡。清瘦的身上掛滿了各種勳章。披在胸前的綬帶訴說著寄生皇帝的榮華。他左手叉腰撫劍，衣領、肩上和袖口全是華麗、繁複的繡金圖案，兩肩上戴著輝煌的肩章。

林標老人問馬正濤，在「舊滿州」做什麼營生。「做點小生意吧。」馬正濤用流利的日本話說，雖然笑著臉，卻逐漸對林老頭的喋喋不休、半生不熟的殖民地日本話感到惱怒。「大豆生意。」他細聲說。

馬正濤的腦子裡，在瞬時間浮起了日本人把持的「興農組合（合作社）」。在「舊滿州」，一切農產物的買賣，一律只能經由那個日本人大會社把持的「興農合作社」直轄下交易。農民把大包大包黃橙橙的大豆用拖車、驢車、挑擔蜂湧著運送到日本人和親日的東北紳商把持的交易場。在春寒雪後的、用土磚圍起來的偌大的「入荷場」中，到處都是用藤蓆、麻袋圍成房子高的、貯存大豆的堆子。場子裡清冽的空氣中，飄浮著農民的體臭、驢糞和傾倒大豆時揚起的灰塵的味道。而馬正濤的父親馬碩傑——人稱馬三爺，就是這交易場的二把手。那些穿著滿是補丁的棉褂棉褲的農民拉來的一車車大豆，先經交易場盜斤偷兩，再經壓低收購價格，才經由馬三爺和他一幫親日豪商僱用工人精細篩選過，供應日本商社輸出到日本。而其時馬正濤才只是個放蕩、胡爲的十八歲上的小夥子，一個人仗著父親在東北的財勢，在北平住在一家鹿鳴飯店，交結一幫紈袴惡少，聲色犬馬。

第二年盛夏，日本軍突然開砲佔領了北平近郊的蘆溝橋。過不到一個月後的早上，在鹿鳴飯店二樓的馬正濤的房門被叫開了。馬三爺穿著一身薄絹長衫，頭上帶著西式氈帽，出現在房門口。馬碩傑看見房子裡還睡著一個赤條條的女子、兩盞鴉片菸燈和散落一地的酒瓶和賭具。馬正濤在回憶中歎息了。

林老頭和馬正濤在忠孝公園裡繞著圈子走。林老頭嘰嘰呱呱地說日本話。馬正濤聽出來，林老頭的日本話太蹩腳，難免用錯的助詞全用錯了，而不該用錯的助詞也錯誤百出。馬正濤聽得煩心了。「幾天前，我看見你穿日本軍服……」馬正濤笑著說。

馬正濤開始一逕用普通話說話。那時林老頭才說他在戰時被日本人徵調到南洋。事隔多年，當年的臺灣人日本兵要問日本人要賠償。「去高市，組一個戰友會，交涉補償……」林標說。

窗外不知在什麼時候全暗下來了。馬正濤覺著嘴饞，開了一個挪威進口的螃蟹肉罐頭，就著冰過的德國啤酒吃。馬正濤想，林老頭那個狗×的。馬正濤自從知道了他穿日本海軍戰鬥服去申請賠償，就再也懶得理他了。那時候，林老頭話很多。他說少年時代聽說了滿州國的「王道禮教、民族協和」，馬正濤只是笑而不答，又開了話題。林老頭……這狗×的，他無聲地說。他給自己又斟上啤酒，想起那鹿鳴飯店。那時候，全身近於赤裸的少年的馬正濤站在馬碩傑跟前，全身顫抖不已，看著都站不穩了，他的臉上全沒了血色。「你這沒出息的畜牲。」馬碩傑不疾不徐地說。馬三爺不怒而威。馬正濤太知道他父親陰狠凶殘的個性。第二天，他還清了賭債，砸了菸燈，踹走了女人，付了房錢，乖乖地回到東北去。

回到家裡，馬三爺一句也沒問他在北平鹿鳴飯店的胡天胡地，也沒問一聲像流水樣花掉的大把大把銀子。中秋過後，馬碩傑把兒子叫到了跟前。

「天要變了。」馬碩傑若有所思地說，「日本人都打了上海了。」

馬正濤想起電影院放映的宣傳新聞片。日本兵仗著日本國旗騎馬進上海城。夾道的中國人，零落地拿著日本旗，神情滯木地看著日軍壯盛的行軍。

「日本人要在中國坐天下，還得中國人幫襯。」馬碩傑說，「溥儀就任『執政』那年，兩旁有多少長袍馬褂，戴著墨鏡，留著鬍子的東北大紳商在一邊兒，跟全副軍裝的日本人挨著站。」

「……」

「要發家，光在日本人鼻息下做生意，不行。」

馬碩傑說著就沉默了一會，移目正視著在眼前垂手而立的馬正濤。

「那還得混進日本機關，當日本官兒。」馬碩傑說。

沒幾天，馬碩傑就請來了一個冷面圓臉的大夫來爲馬正濤把脈，連針灸帶煎藥，住在馬碩傑大院裡，爲馬正濤戒菸毒。馬碩傑也請來一個每見了馬三爺就哈腰請安的、朝陽大學畢業的中學教師，給馬正濤補課，再請來一個日本小商人的兒子來教日本話。不久，馬碩傑動用了幾個日本人關係，賄送了一把條子，硬把馬正濤送進了建國大學法律學部。

馬正濤大學畢業的那年，共產黨領導的游擊武裝東北抗日同盟軍第一軍軍長楊靖宇，在長白山的一場戰鬥中戰死。報上刊出醒目的照片，滿臉森黑的鬍子，穿著臃腫的棉大衣，身材頎長的楊軍長的屍體邊，簇立著幾個穿著軍大衣，腰裡掛著長長的日本刀的日本軍官。馬正濤人長得粗壯，卻天生口齒靈活，在建大幾年，他把日本話學得特別溜轉。加上馬碩傑是個著名的親日紳縉，馬正濤畢業後還不到秋天，日本憲兵隊的武藤少佐就傳他去談話，第二天就編到憲兵隊偵緝組裡負責調查和通譯。從此，馬正濤現學現練，不幾年就學會了拷訊、綁票、緝捕和刑殺的各種本領。

「而你狗×的林老頭……」馬正濤咧著嘴對著空寂的客廳詛咒起來。

而你狗×的林老頭。馬正濤噤著聲冷笑了。你也只不過是個小小的日本「軍伕」，連個正規的日本小兵都不是。跟在關東軍屁股後的臺灣人軍伕、軍屬，我在東北可看得多了。馬正濤對自己說。而你林老頭卻還大白天穿著日本海軍戰鬥服到處招搖現眼，還哇啦哇啦講著破日本話。這是怎麼回事，馬正濤想著。他回想起自己在日本憲兵隊時，連日本人小兵對他都得立正敬禮，那就不用說那些由東北軍閥雜牌軍混編起來的滿州國國軍和警察了。而今一個日本小軍伕倒是比日本憲兵隊神氣了。嘿，這狗×的。馬正濤一個人啞然地笑了。

在東北的時候，馬正濤豈只是「神氣」。日本憲兵手持上了刺刀的步鎗，在路口、城內遍設崗哨，檢查過往的中國人時，他總是站在一邊，擺著一張不喜而笑的臉，看來格外陰狠。崗哨的日本憲警和「協和治警」查看每一個過往的中國市民和農人的文件，時而動手搜身，打開簍簍箱箱。而馬正濤只以笑臉上一雙梟眼去咬住每一個淒惶不安的過路人。「這個人。」當馬正濤用日本話這樣輕輕地說一聲，十之八九，總能在那個人身上查出東西，讓憲警立刻把人押上笨重的警備車，疾馳而去，留下飛揚的、黃色的塵土和籠罩在街路上的沉重的恐怖。

民國的三十一、二年那年月，憲兵隊的警備大卡車在全東北嗚嗚地奔馳，搜捕那些就不知道從哪裡不斷滋生的抗日反滿份子。馬正濤終日在偵訊室裡，看見在他的指揮下，人被滾燙的開水澆爛，被拷打得像是剔了骨頭的一攤子血肉。有人討饒作供，就立刻循供再去抓人進來，敲敲打打，鬼哭神嚎，血肉模糊，但往往到頭來證實只是半眞半假的供辭。有些人至死不供，終至嚴刑猝死，往往也不是什麼抗日英烈，而是破產的農民一心要往死裡奔來罷了。但馬正濤卻越來越感覺到，在沉默、遼闊、冰寒的東北大地上，到處潛伏著越來越多「不祥」的意志，幢幢作祟，向他緩慢地包抄而來。

一直到現在，只要馬正濤肯讓那被自己牢牢密封的記憶之門稍微鬆開，一些長年被他牢牢抑壓的回憶，就會從那黑暗的記憶的洞窟中，帶著屍臭，漂流出來。在睡夢中，他看見被棄置在爲防共而把農民遷徙淨盡的「無人地區」的殘廢老人凍死在破爛的農舍，看見家破人亡的一群孤兒穿著一身襤褸，在火車站的鐵道旁流連，等待撿拾過站軍用車廂上日本兵丟下來的殘食充飢。

像這樣的惡夢，在近五年中顯然開始越來越困擾著年已八十的馬正濤。在燠熱的屋子裡，當馬正濤搖著發黃的大蒲扇枯坐時，他的記憶就會像走馬燈似地在他的眼前流轉。由日本軍隊和憲兵隊押送下，上百個東北農民和他們的驢馬、推車、扁擔被強迫徵集來搬運日軍的糧食和彈藥，跋涉在被寒冬凍得像石頭一樣堅硬的栗色的土地上。那時候，押隊的馬正濤聽到隊伍的末端起了一陣騷動後，一聲槍響，日本兵開槍打死了一個奮力要奔逃的、不堪勞役的農民。馬正濤走過去探看。一個頭上裹著汗巾的、臉色鐵灰的農民仰躺在地上，兩眼圓睜，張著大口，露出黃色的牙齒，狀若極其詫異。棗紅色的血，從他腦口上的兩個窟窿，浸染髒得滲油的棉衣，汩汩地流淌。

就是那時候，馬正濤身穿毛呢軍大衣，右臂上圈著寫上「憲兵」的白布，和一個班的武裝軍警押送抗日槍決犯到刑場去。刑場是一片杳無人煙的空曠的野地。每一個死犯都雙手反綁，脖子上掛著各自的名牌：「反日趙善璽」；「重慶份子周啓」；「憲兵抵抗楊樹德」；「共產份子劉驥馳」。他們被推上日製軍用卡車。車肚兩邊拉著白布條幅，寫著「槍決」兩個稚拙斗大的字。車子颼颼地開過大街。兩邊的行人不免佇足，以細心掩藏著仇恨與悲哀的茫漠的表情，目送著囚車。馬正濤在囚車上觀察著路人。幾趟來回之後，就發現那無數遲滯的東北農民的眼睛，只聚焦於死囚和他們項下的名牌。對於車上軍服和便裝的憲警，卻彷如視而不見。

刑場的空曠和遼闊，使氣溫降得更低。朔風利刃一般地颳著。日本憲兵們把戰鬥帽上的毛護耳拉下扣好。然則被反扣著雙手的死囚，卻只能讓北風一頂頂揭去他們頭上的破氈帽。小隊長給這十八個滿臉粗鬍子的死囚遞菸，有三個人大膽地伸長脖子用嘴唇去銜住香菸。憲兵為他們點上火。他們也就木然地抽起香菸來。有好幾個人在寒風中抖索。有人低頭。有人無目的的看著沉沉的灰暗的天空。

一支菸的時間過後，他們被帶到一處較低的平地。有幾個配著刀、穿著馬靴的日本軍官遠遠地站著觀看，軍刀會偶爾隨著長長的軍呢大衣於朔風中在腰間晃動。待決反滿抗日囚人坐成一排。每一個人後面兩步地方，都站著一個滿州國憲兵，用手槍瞄準著每人的後腦。一聲令下，應著畢竟不能不參差的手槍聲，被反綁的人都像是被縱放的田蛙似地、向前衝躍了出去，極不舒適地趴在嚴冬的野地上。

接著，滿州憲警在日本憲兵班長指揮下，把每一具屍體仰翻過來，整齊地排成一列，讓執刑官河合少尉「檢證」。馬正濤跟在河合少尉後面檢視每一具屍身。大部份都閉目如安睡，但總有那麼幾個瞠目結舌，有的半張著眼睛，似是將醒不醒。血從他們的鼻孔、嘴巴和破碎的下巴潸潸地流下。在大雪的時候，馬正濤記得眞切，那血就在白雪地上迅速凝固、變黑。

馬正濤不喜歡這些記憶。一點兒也不喜歡。要不是他老了，那密封著記憶的栓塞就不許有一丁點鬆動，讓那些黑色的、總是帶著屍臭和血腥的記憶，乘馬正濤之不備，而恣情作祟。

然而只不過是一個日本「軍伕」——就像在戰地後方跟著關東軍幹伙伕，種菜開墾，修築工事，開車開船、運搬運輸的軍事勞工的林標林老頭，今天早上可爲什麼又穿上那一身海軍戰鬥服上高市去？馬正濤靜靜地想著。在他記憶中橫行過全東北的、穿著毛呢軍裝，束緊腰帶，斜掛著肩帶，腳穿長統皮靴，戴著白手套、手把著右腰上的日本刀的日本軍官的形象，不時和早上那衰老、佝僂、悲傷而又滑稽的林老頭兒的形象互相重疊。而馬正濤對自己殺人絕不眨眼睛的過去，幾十年來，都絕對地守口如瓶，密不透風。然而那狗×的林老頭……馬正濤嘲笑似地詛咒著，就著挪威蟹肉，喝光他的第二罐啤酒。

2

林標老人從高市回來，繞過忠孝公園走到他家，已經接近下午五點。他流了一天的汗，眞切地覺得體力大大不如從前了。他脫下日本海軍戰鬥服，把戰鬥帽掛到臥室的牆上。他到浴室沖洗，看見自己衰老、乾枯的身體，想到如果這次在陳炎雷委員帶頭下爭取日本政府賠償未付軍餉和軍中郵政貯（儲）金再被駁回，他怕再也等不到及身而領取那一筆渴想了將近二十年的日本錢。

他換了一身乾淨的衣褲，坐在客廳的假皮沙發上，才發現了門縫裡塞著郵差送來的信。光是看信封上的字，就知道是孫女林月枝的來信。「祖父大人：久未通信，常以大人安康爲禱。」信上說。月枝說她打算下週中回家探望，「可能帶一個朋友回去」。

十多年前，一向溫婉、孝順的孫女兒月枝，在她的十七歲上，突然跟著一個外地來的理髮師傅私奔的時候，林標老人像是身上被剜了一塊血淋淋的肉那麼傷痛。

那時候，林標正三天兩頭瘋了一樣和周近幾個從華南和南洋戰場活著回來的臺灣人前日本兵往高市跑。南洋戰場上的宮崎小隊長，竟在三十多年之後，突然就來了臺北，由住在臺北的曾金海四處連絡，居然在分散臺灣各地、幾十年來無人聞問的臺灣人原日本老兵中引起了一陣騷動。原來曾金海在民國六十年代初蓋成屋賣，發了財，民國六十八年左右到日本旅行，找到了一個也是當年被徵用到大陸東北當日本「軍佚」、日本打敗後被蘇聯軍押到西伯利亞拘留勞動、一九五〇年代又被遣返到日本，之後就一直再沒回臺灣的小學同學，透過他和一個由日本當年馳騁縱橫於南太平洋戰場的舊軍人官士兵組成的「戰友會」搭上線，卻不意碰到了舊連隊上的宮崎小隊長。優有資財的曾金海慨然答允出資將在日本舊連隊上的年邁潦倒的宮崎小隊長迎來臺灣。

在臺北一家著名的日本料理店的一個大榻榻米房間，曾金海從各地約來的六、七個當年同一連隊、但其實並不屬同一小隊的臺灣人原日本兵老人，在宮崎小隊長面前排成了橫隊。曾金海看到隊列站齊，一聲「立正」，幾個老人以肅然的表情挺胸而立。曾金海用力向前跨出一步，對穿著西裝、卻端正地戴著黃星標誌的戰鬥帽的宮崎老人，大聲爭吵似地、用日本話從他的丹田喊著：

「〇〇連隊、第三小隊、曾金海、報告……」

老宮崎的眼眶紅潤起來了，回禮的手不住地顫動。待到大家都日本式地坐在榻榻米上享用料理時，宮崎已經涕淚橫流了。「在南方、戰爭中，眞辛苦了大家……」宮崎坐著向大家深深地欠身。曾金海用比較流利的日本話搶著說，「大家都很懷念在南方的日子呢」。有幾個老人於是忙著附和。「那時，也許對大家太嚴厲了。」宮崎帶著幾分慚色，又向大家欠了欠身。那時刻，林標老人想起當時充當駕駛員的自己，有一回出任務晚歸，早已過了開晚飯時間，就溜到廚房找剩飯殘羹吃，恰恰就被宮崎小隊長撞見。宮崎小隊長脫下軍靴，用靴跟打掉了林標的兩顆血牙，臉上嘴裡腫了四、五天，粒米不能進。

可是，在臺北這家日本料理店裡的、充滿了懷舊和歡快的重逢，看來老宮崎和其他的原臺灣人日本老兵都把林標的兩顆血牙全忘得一乾二淨了。酒過三巡，大家仗著酒精的興奮，開口講起遺忘得差不多了的日本話的膽子也大了，使一個小房間裡嘰嘰咕咕地漂流著破碎的、臺灣土腔的日本話。但聽在宮崎的耳朵，這些破碎的、不正確的日本語何等動聽，恰恰表現了殖民地臺灣對母國日本深情的孺慕和嚮往。宮崎受到了感動。霎時間，宮崎不再只是個戰後吃國家「恩給俸」的潦倒老人，而又復是當年帝國軍隊小隊長了。宮崎於是漸漸失去了開頭時的矜持，開始肆情喝酒，把一個發皺的、鼻子下長著一撮鬍子的臉喝得通紅，越發襯出了稀疏的頭髮和鬍髭的枯白。

「喂，曾君！」老宮崎的舌頭有些打結了。

「是！」曾金海坐直了身子說。

「告訴他們：日本……絕沒有忘記，在臺灣的日本忠良的臣民！」宮崎以軍人腔的日本話說，他的紅臉在燈光下因滲著汗水和油漬而發亮。「這難道不是我宮崎小隊長，來臺灣的目的嗎……」

「是。」曾金海說。

曾金海於是鄭重其事地以比較流利的日本話做了介紹。就在戰爭結束都快三十年的「昭和四十九年」，從菲律賓摩洛泰島深山裡跑出來一個當年的臺灣高砂義勇隊，日本名叫中村輝夫的阿美族原日本軍伕，曾金海說。因此在第二年，日本的「有識之士」，組織了一個「研究（思考）臺灣人原日本兵士補償問題會」，曾金海說。

曾金海接著說，日本政府終於被迫表示了態度。「日本對大戰中因戰死、戰傷所訂定的『援護法』和『恩給法』，只適用於有日本國籍者」。這就是日本政府的立場。曾金海說。

女侍者在這時候端來用一隻玩具似的大木船，上面盛滿了各色好吃的生魚片。從隔壁房間裡，突然傳來臺灣酒拳的呼喝。曾金海以堅定的語氣，用日本話說：

「諸君！在南方戰場上，我們，每一個人，不都是作為一個日本人、一個忠勇的帝國兵士，而戰鬥的嗎？」

舉座開始騷動起來。「是的，是的。」老人們帶著日本燒酒的興奮喃喃地說。「諸君，我『比島（菲律賓）派遣軍戰友會』正在發動一個視臺灣兵士如日本人的、爲臺灣戰友爭取正當補償的運動。」宮崎說。

「只有在那個戰場上一起浴血戰鬥過的戰友，才能體會臺灣戰友，是日本皇軍無愧的一員，曾經爲天皇陛下盡忠效死。」曾金海說，聲調激越，「小隊長來的目的，是要我們快快組成戰友會分會，爲了在臺灣的帝國兵士爭取正當的補償，一起奮鬥。」

曾金海說，爭取補償的意義，不是金錢的問題。「補償運動，是爭取我輩爲日本人、爲天皇赤子的運動……」曾金海說。當時，幾個老人逐漸如夢初醒：他們即將得到日本國家的一筆大得無法想像的「恩給」，安度夕陽餘年，因爲他們原是像三十多年前出征當初日本人就說過的，是日本皇軍無愧的一員！

不沉的、鋼鐵的城堡
守衛、進攻皆所依仗
不沉的城堡

捍衛日本的疆土四方

眞鋼的城堡

擊滅日本的敵國……

不知什麼人開的頭，老人們以日語唱起了〈軍艦進行曲〉。女侍笑嘻嘻地推開紙門，又送來一瓶一升裝的、溫過的日本清酒。老人們擊掌而歌。

從此之後，一大筆巨額日圓「恩給」金，在老人們的思想中發出激動人心的耀眼光芒。在曾金海的指揮下，老人們成了臺灣戰友會的骨幹，到全島各地去聯繫下過南洋、爲日本當過軍伕、軍屬的「戰友」。林標開始穿起他的日本海軍戰鬥服，三天兩頭跑高市、跑南市、嘉市甚至臺北，往往幾日不歸。正是這時候，孫女月枝竟悄悄地與一個外鄉來的小理髮匠私奔，不知所之。

組織臺灣的「戰友會」，爭取日本政府比照日本軍人發給優渥的「恩給」和「年金」，像高燒不退的熱病，使林標失去孫女月枝的忿恨和羞恥混成的苦痛，變得痲木了。現在坐在假皮沙發上的老人林標，把月枝孫女的信丟在電視檯上。他於是想起月枝的父親、自己的兒子林欣木。十九歲那年的一天，林標和春天才進了門的新媳婦阿女，息了盛夏炙人的田間重活，一道回家，一身淋漓的汗水。他看見他的父親老佃農林火炎坐在陰暗的土磚草房裡發呆。「阿爸。」林標喚著老火炎，才看到老人的手裡抓著一張日本人來徵兵的紅色的單子。剛剛懷上了孩子的新妻阿女開始哭泣。

春天過完未久，火炎伯的兒子阿標就穿上配下來的「國防服」，戴著戰鬥帽，紮好綁腿，由哭紅眼睛的媳婦阿女陪伴著，到兩里外的村役所報到。「祝林標君出征」白布黑字的幡旗和寫著別的人名的白布幡旗在村役所前的廣場上，迎著熱風招展。林標漠然地望著村役所舖著黑色的日本式煉瓦的屋頂上，簇飛著兩百隻不止的黃色的蜻蜓，但心中滿是因爲不知道如何與懷著孩子的新妻道別，覺得焦慮憂苦。

「諸君的家屬，國家一定會照顧周全，所以不必有後顧之憂。」穿著黑色警官服，配著短劍的日本上官，以像是誦讀祭文似的腔調訓話，「諸君要作爲忠良的日本國民，作爲大日本皇軍的一員，做天皇陛下堅強神聖的盾甲……」

通譯用閩南話轉譯。林標和村莊七、八個青年，就這樣「志願」被送到一個軍營接受短期訓練，又復輾轉送到炎炎赤日的南洋前線。

回想起來，十多年前的宮崎小隊長說得在理。「……你們是、大日本帝國皇軍的、無愧的一員！」林標彷彿又聽見宮崎帶著酒意的、軍人腔的日本話。臺灣軍屬和軍伕確實被美軍、被菲律賓人游擊隊當作他們所仇恨的日本人，用炸彈炸爛四肢，用子彈轟開腦袋。當臺灣兵走在大街上，開店的華僑表面上堆著諂笑，但眼中深處卻透露著把臺灣人日本兵當作眞日本人的恐懼、憎恨和嫌惡。林標想起了日本戰敗後被俘遣返之前被美軍用火車送到一個大集中營去的那個夏日。日本人和臺灣人日本兵衣衫襤褸，滿臉鬍子，羸弱疲乏地堆在四個沒有篷頂的破舊的貨車廂。火車在熱帶的山巒腳下喘著大氣急馳。他記得鐵道的兩邊都是層層疊疊的椰子和雜生的檳榔樹，和高大、茂盛的各種熱帶樹林。急馳中的火車帶來陣陣強風，使車廂上的日軍俘虜在不斷晃動和吱嘰作響的貨車廂中張口流涎地沉沉睡去。

突然間，幾聲巨響，從山坡上砸下來了成排巨大堅硬的大石頭，鐵路邊也突然竄出成羣的菲律賓農人，用力地向車廂上扔石頭，嘴中憤怒地咒罵著。一時間各車廂砸出了轟轟尖銳的巨響，傳出一片哀號與呻吟。押車的美國兵嗶、嗶地吹著哨子，朝天上開槍，阻止土人的襲擊。後來一加清點，一共即時砸死了九人，輕重傷四十九人。那些憤恨的石頭就不分日本人、臺灣人，林標常常想：土人把臺灣兵也當成了日本人。石頭也把林標的胳臂打傷了，鮮血漿漬了整個右臂。

然而在實際上，即使需要臺灣兵在南洋的戰場上爲日本拚命的時候，日本人也會不時地提醒臺灣人其實並不是眞正的日本人。林標想到，被小隊長宮崎用皮鞋打掉兩顆血牙的那一回，就聽見宮崎暴跳如雷地對他叫罵「清國奴」。有一個據說在日本讀過中學的客家人也被調來菲律賓當軍屬。他白皙美目，滿腦子不打折扣的「日本精神」。「我是眞正報名的志願兵。」有一回，他因爲送文書到幾里外的團部，坐了林標的車，在車上細聲說。他說沒想到他雖然取了一個日本名梅村，當軍方知道他是臺灣人，就硬是不讓他當「光榮的皇軍兵士」，而派他在大隊部管非機密性文書的第一種軍屬。「我一定要奮力煉成，證明我是個優秀的日本人。」梅村說著下車走進團部的時候，林標才發現梅村有一點淡淡的女兒態。但沒過多久，林標就聽說了梅村被一個喝醉的日本兵鷄姦後，連摑帶踹，連聲喝罵「清國奴，畜牲」。臺灣人的梅村終於用皮帶上吊死了。他的屍身靜靜地掛在一株橫向槎出的老椰子樹上，在酷暑的熱帶林中蒸曝了兩天，才被人掩住鼻子找到。

到菲律賓戰場的第二年，軍郵爲林標送來一封家裡央人用日本語寫的短信。信上說，他的女人阿女爲他生了一個男嬰，而「家中一切安好。希望你一心爲國奉仕」。就是那翌年一月，戰局全面逆轉，美軍反攻登陸菲律賓各島。美國炸彈、砲彈和槍彈像狂風暴雨似地從空中、從艦砲上把各線日本軍隊打得落花流水。林標所屬的兵團打散了。兩個連隊湊在一起逃入了深山，一羣日僑婦孺也跟著隊伍在熱帶莽林中跋涉。

在林中行軍，人人心中漸漸明瞭，這是一場絕望的、死亡的行軍。深山歲月，逐漸沒有了時、日的計算。這時，從事戰地農耕的臺灣軍伕起了重要作用。他們在山野中採掘野山芋、山薯、野生豆、野椒，用陷阱捕捉野味。莽莽的熱帶雨林的世界裡，開始逐漸沒有了國家機關的威權，軍政軍令系統自然崩潰。也不知什麼時候起，對上官事事行軍禮的紀律蕩然不存。行軍隊伍逐漸打散，各自帶著一批人選擇料想會更安全的方向脫隊自去。幾千個逃入深山雨林的日本官兵員，變成爲了日復一日的生存和覓食充飢、四處艱難地、飢腸轆轆地漫遊於山巒野澗的野生動物。

在逃竄的途中，林標常常想著他自己在臺灣的、未曾謀面的兒子。對自己骨血男嬰的不可思議的愛念，在他的內心燃起了強烈的求生意志的火焰，使他逃竄的腳步更加堅決和謹慎。在林標估算著自己的男嬰應該有二歲多的一個季節雨季，滂沱的大雨傾盆而下。整個森林籠罩在震耳的、大雨打在莽林寬闊的熱帶樹葉上的刷刷啦啦的聲音裡。雨水很快溼透了流亡的兵員的衣服、槍械和髒亂的髮鬚。

就在那大雨的密林裡，蹉跎行進在崎嶇中的隊伍逐漸停止了腳步。他們來到了深山中一個荒廢了的日軍的防線據點。幾個坑道口上都留著美軍火焰槍留下來的黑色煙薰的遺跡。坑道到處是裹在燒焦的日本軍衣下的骸骨，任大雨浸泡。日本兵的鋼盔不整齊地扣著一個個頭骨。槍械散落。在一具屍骸旁還遺落著一把初銹的日本刀。

百來個襤褸的官兵員都沉默地圍立在戰壕的岸上，在豪雨中靜靜地看著狼藉著戰死經年的屍體的舊戰場。爲了辨識成爲羣鬼的部隊番號，眼眶深陷、沉默不語的小泉大隊長叫身邊的林標去挑衣服完整的屍體的口袋找文件。百幾雙眼睛默默地注視著臺灣人軍伕林標翻找屍身上的口袋和背包，然後走向小泉大隊長，在泥濘中立正，舉手敬禮。

「算了。」

小泉大隊長憂悒地、輕聲說，伸手從林標接下搜出來的文件。

雨嚎嚎地下著。小泉大隊長在雨中無語地檢視著文件，把看過的東西隨意丟到地上，卻在幾張有顏色的單張上久久端詳。

雨聲已經近於咆哮，卻越發顯出百來人屏息的、死亡一般的沉靜。不知過了多久，小泉以冷漠的聲音說：

「日本早已戰敗了。」

沒有人立刻明白小泉大隊長的話。但林標卻立刻想到了自己竟然可以活著回去看到朝暮思念的孩子和他的女人阿女。

「大隊長！您在說什麼？」有人叫喊。

「日本早已戰敗了。」沉默了一會，小泉說，聲音顫動，「傳單上都說了。」他高舉了他手上的、白色、淺紅和黃色的、美軍空飄的傳單，在雨中晃了一下。

「騙人的！」另一個絕望的叫喊聲，「那是謊言！」

小泉低下了頭。雨水順著他低著頭的鬍子一串串地滴下。

「你是在說天皇陛下的御詔書、國防省的命令都是謊言……」他沉靜地說，「傳單上都有。」

大隊長小泉孤單地站在密林的大雨中。日本刀在他的腰間穩當地下垂。開始有日本官兵的哭聲從四處傳來。有人開始在身邊的屍體口袋上找傳單。那是千眞萬確了。林標看著手上的傳單想。無條件投降御詔書、國防省對各戰區日軍的通令。但對於林標最大的震動，是戰後處置的決定。「朝鮮脫離日本恢復獨立。臺灣、澎湖列島，返還中國」。

日本戰敗了。包括林標在內的臺灣人日本兵卻幾乎沒有一個幸災樂禍的人。「爲什麼就打敗了？不甘心！」有一個臺灣人軍屬陪著日本人吞聲。但看了傳單以後，臺灣兵的心情混亂蕪雜。小泉大隊長下令隊伍在這個被棄置的據點休整，清理骸骨，把寬大的連隊指揮山洞打理成臨時營房。當時，小泉召集了二十幾個臺灣人日本軍屬和軍伕，就著烘乾衣服的篝火，和靄地說：

「從此，你們都變成中國人了。」

包括林標在內的十來個臺灣兵都沒有說話。小泉提出從此臺灣兵和日本兵分開生活，廢除一切臺灣兵對日本兵的軍事禮節。「你們都是戰勝國的國民了。下山去吧。」小泉說，「那不是投降。那是向你們戰勝國的同盟軍報到。」

第二天雨停了。殘留在寬闊的熱帶樹葉上的雨水聚成的水珠滴滴答答地落下。一國的人究竟要怎樣在一夕間「變成」另一國的人呢？林標苦想著這無法回答的問題。開始有日本軍官躲到坑道背後的樹林去自殺。刺刀捅進了他自己的胸膛，鮮血使落葉凝成一團。隨軍流亡的日僑有舉家大小「全員自決」的。茫然、悲傷和痛苦浸染著不肯離隊的臺灣兵。但一旦被以「戰勝國國民」之名和日本人分開，林標覺得一時失去了與日本人一起爲敗戰同聲慟哭的立場。而無緣無故、憑空而來的「戰勝國國民」的身份，又一點也不能帶來「勝利」的歡欣和驕傲。

第四天，連日緘默不語的小泉大隊長也自殺了。銳利的日本刀貫穿了他的肚子。樹林中開始悶熱起來。林標和其他幾個臺灣兵商量好，靜靜地結伴走出了莽林，一路上爲了不知道在小泉大隊長死後應該向誰辭行，而終於不告而沉默地離開了隊伍，感到苦惱和不妥。

下山後的林標和其他的臺灣人日本兵被收容到由美軍和菲律賓游擊隊荷槍看守的俘虜集中營，和日本戰俘一道，在烈日曝曬下從事修整軍事機場的沉重勞動。兩個月後，臺灣兵才被美軍甄別出來，集中到另一個小軍營等候遣返。營房的五十公尺外，有一間小教堂改成的拘留所，舊教堂的門口站著兩個面貌黧黑、個子矮小、穿著寬鬆的美軍迷彩戰鬥服，佩帶手槍和水壺的菲律賓軍人。林標不久就聽說拘留所裡竟關著一些被當作戰犯、爲日本監管過美軍俘虜而殘暴虐待過美軍戰俘的臺灣人日本兵。在日本俘虜和甄別出來的臺灣兵遣返時日還遙遙無期的時候，有一天傍晚，那小教堂的門打開了。二十幾個被反銬的、穿著日本戰鬥服的臺灣兵，在美國憲兵的戒備下，押上一輛大軍車。林標想起了有一天夜裡，從小教堂飄來輕聲吟唱的日本軍歌：

替天行道打擊寇仇

我兵士忠勇無雙

「×你的娘。你窮唱個什麼×！」小教堂裡有人用臺灣話咒罵了。

歡呼聲中送征途……

那軍歌像是獨語，在熱帶的夜中帶著一絲幽怨傳來，歌聲已經沒有了當年爲征人入伍壯行時唱在村役所廣場上的勇壯。

「叫你不要唱了……」

歌聲停止了。唱歌的人用臺灣話說：

「日本人說臺灣人是日本人，要跟著他們去打美國人……」

「…………」

「現在美國人也當我們是日本人，看時看日，要送咱去判罪、去當槍靶子。」

林標傾聽著夜空中傳來的對話，靜靜地抽著美國人發下來的香菸。他想起他當駕駛軍伕時，幾次到集中了美國俘虜的集中營去搬運美國人的屍體。屍體被監管俘虜營的臺灣兵一具具排好了。菲律賓的烈日使屍體迅速腫脹、變黑、發臭。深陷的眼眶裡的、長著各色睫毛的眼睛，或緊閉、或瞠目。極度的削瘦使他們的肘關節、腿關節和雙手掌顯得特別碩大。林標早已聽說這些美國和加拿大戰俘被管監俘虜營的日本人和臺灣人用棍棒、槍托毆打，甚至開槍打死。林標把屍體運到森林裡挖好的大坑，連同早已扔進大坑裡的、其他的俘虜集中營運來的一堆白種人的屍身，一鏟一鏟往大坑裡堆著摻雜著腐敗的落葉的黑色的泥土，掩埋起來。而在日本槍兵護衛下抬屍、埋屍、穿著短褲、頭戴日本戰鬥帽的那些人，正是在各俘虜集中營工作的臺灣人日本軍伕。

出乎林標意外的是，遠遠在成批成批的背著背包，提著大小包袱的日本戰敗兵員被美軍優先用軍艦送回日本之後好幾個月，才輪到臺灣兵搭著破舊的運煤船回到臺灣。當林標和其他倖活下來的同袍在高雄港碼頭上岸，沒有歡迎，沒有來慰問的人；沒有歡迎的行列，甚至家屬也沒有接到通知來碼頭接人。那是「昭和二十三年」的民國三十七年秋天，林標回到了家鄉，發現妻子阿女在前一年貧病而死，四歲的兒子欣木怯生生地躲在林標的一位滿臉皺紋和老淚的姨父身後迎接了他。

林標向一個東攀西扯後勉強也算是遠親長輩的地主，帶著兩隻閹鷄，懇求還讓他續佃在戰時被日本人逼著改種蓖麻的一甲多地，帶著幼小的兒子，拚著命把蓖麻田翻耕成水田。欣木九歲、農地改革使林標變成了一個小自耕農的那一年，林標心喜得不知所措，就在屋後種下兩棵龍眼樹苗。早早晚晚，林標用一個破鋁盆澆水。龍眼樹長得慢，卻經常看見不斷地生出土黃色的嫩芽長成了綠色的成葉，往上抽長。等到龍眼樹長過了屋簷的時候，蔥翠如蓋，每到夏天，不但能擋日曬的西牆，還能蔽蓋出一片蔭涼。當其中的一棵龍眼樹忽然開出黃色的碎花的那個夏天，年已過了二十的欣木從湳寮那邊娶來了一房親。第二年，吃過第二次收穫的龍眼，就生下了孫女月枝。

林標在回想中歎了一口氣，起身從冰箱裡端出肉湯在廚房熱過，泡著一大碗白飯，打開了電視，坐在原先的假皮沙發上，大口扒著飯吃。七十好幾了的林標，飯量依舊不減。他漠然地看著電視新聞時，突然間被螢光幕上出現的影像大吃了一驚。

那是早上在屏市舉行的「南洋戰歿臺灣兵慰靈碑」落成揭幕儀式。

一個用帆布拉成頂篷的觀禮台，坐滿了年紀都在六十、七十的，衣著整齊的紳仕淑女。

觀禮台前，站著分成三排的、穿著漿燙過的日本海軍戰鬥服、頭戴戰鬥帽的老人。

最前一排最右一個瘦高老兵，在前胸雙手掌著一面日本海軍軍旗。

偶然的一陣輕風，撩起了巨幅軍旗。每當血紅的、向著四面八方放射著旭日光輝的日本海軍軍旗飄動時，瘦高的掌旗老人身體不免搖晃。

三排衰老、有幾個已經顯得佝僂的原臺灣人日本兵們，在特寫鏡頭中板著臉孔。陽光照著他們頭上的日本海軍戰鬥帽下的面孔。在迅速流動的鏡頭中，林標瞥見了一張張眼袋凸出，緊抿著嘴唇的、認眞嚴肅、卻又力竭失神的表情。

俄頃，由一班小鎭上送葬儀隊湊成的樂隊，突如其來地吹奏起日本人的〈軍艦進行曲〉。也是一身海軍戰鬥服、手上戴著白手套的曾金海，陪著西裝革履的陳炎雷委員進入式場。

霎時間，瘦高老人「嘩！」地把日本海軍旗扳向前下方致敬。老人們在高昂的敬禮令下，不免其參差地仰首抬手，敬以軍禮了。

近景：陳炎雷委員的講話。

特寫：觀禮棚中的仕女向正前方的慰靈碑行軍禮，表情驕矜、光榮。

中景：日本海軍軍旗飄揚，旗上血紅的旭日突兀而奪目。

特寫：慰靈紀念碑上幾個鐫刻楷書：「南洋戰歿臺灣兵慰靈碑」

林標屏息凝神地看著電視。他首先想，總共只有一、兩分鐘的電視報導，除了他自己，再不會有人認出被人擋住大半個臉的他來。他頭一次看到鏡頭中老態龍鍾、疲乏不堪的「軍容」，不禁吃驚。慢慢地感覺到他自己和那些老人彷如受著不堪的嘲笑和愚弄。今天一大早趕火車到屏市的路上，林標想起了這三、四個月來忽然恢復了要求日本補賠償之熱勁的曾金海。月枝與人私奔後，推算她都二十五、六歲那年，日本東京地方法院第二次駁回了臺灣兵補償的要求，理由根本上也是說老人們「已喪失日本國民的身份」。「日本人無血無眼淚，」到東京聆判的曾金海回來後說。曾金海也說包括他在內的、各索賠團體代表想直接訴諸日本國民，臨時在東京當地印製了傳單，說明他們曾「作爲忠良的日本人轉戰華南和南洋……」。他們曾想：接到傳單的一般日本人，一定會報以熱情的握手、慰問、感謝和支持。不料偌大一個東京市，過往如織的東京火車站口，居然沒有一個日本人、不論老少，肯接過傳單，而用冷冷的、嫌煩的面孔，拒絕了老人們伸到他們鼻子跟前的傳單。「×他的娘。日本人，無血無眼淚！」曾金海說。

就是這曾金海，在這半年來竟又活動起來了。「從前臺灣人去日本索賠，國民黨的政府不出面。」曾金海說，「委員陳炎雷說了，咱們幫過日本人打中國人，能指望這個政府爲你出面做主嗎？」而又據曾金海說，如今就會有機會「換一個臺灣人自己的政府」，換成了，臺灣人向日本政府索賠，就有人做主。曾金海帶著體體面面的陳委員到處找臺灣人日本老兵爲「換一個政府」拉票，馬不停蹄。

而在明年三月間，如果眞就換了一個政府，陳炎雷的官就會做得更大些。這次就是陳委員發動豎慰靈碑，「設法請幾個日本參議員和自衞隊校佐來參加慰靈碑落成，先和日本政軍界拉好關係。」曾金海來說過，動員林標一定要軍服整齊地參加落成式。

人趕到落成式場，林標見到了許多舊知和新識的原日本臺灣老兵。慰靈碑落成式場上的仕女和老兵中間，漂流著流利和生硬的日本話。落成式結束後，曾金海一邊脫下白手套，一邊納悶似地對林標老人說，「陳委員說請了幾個日本人……怎地一個也沒到……。」

停在落成式場旁邊的、擦洗光鮮得能在車窗玻璃上照映出周圍的樹影的幾部黑色轎車，一輛輛帶著那些能說和不能說日本話的仕女紳士們離去。林標看著草地上的車都走光，只剩兩部因爲兩個車主人還在車旁邊談話沒有開走。林標聽見站在一旁的曾金海說，「我們一年一年老了。下回能不能召集起來，就不知道了。」曾金海還說，希望將來新政府果眞能爲臺灣兵做主。「你看東西南北，這些老人還得自己趕回家去，連發個便當，陳委員都沒安排。」曾金海埋怨了

從屏市回去和鎭的火車上，林標想著兒子欣木。欣木是個勤勉的小伙子，幹起田裡的活來，從來不知疲累。林標從他身上看到了自己還是個貧窮佃農時的意氣和模樣，心裡歡喜。但欣木有一樣跟自己不同：他老想有一天離農發家。林標時常告訴他兒子，往日當農民如何的苦和窮。「人要知足，要守本份。」林標說。

媳婦寶貴在枕頭邊慫恿，估計也有關連。林標坐在火車上想。欣木二十四歲上下的那些年，種稻子的收入已經遠遠追不上肥料、農藥和日用品的開銷，村鎭上的年輕人逐漸到城市裡去打工。但欣木不一樣。「阿爸，我想到外頭去，跟著人開個鐵工廠。」欣木說。他的朋友坤源在臺北三重一家不銹鋼加工廠當了幾年工人。「貿易公司來訂貨外銷。賺錢快。」欣木說。林標沉著臉，不肯答應。直到光是種稻實在已經打不開生活開銷時，有人來牽線，林標把地賣給了臺北來的一個「李董」去蓋房子。欣木拿了地價的三分一，帶著女人和三歲大的小月枝遠走臺北三重……

3

第二天早上，馬正濤起得早些，先到忠孝公園裡兩棵樟樹間，站好了馬步，閉著眼睛甩了一回手。這天早上，馬正濤準備了要出門上北市，甩過了手，就拎著小包走出公園。他在馬路上等著一輛老舊的軍車通過後，左顧右盼，小心地走過馬路，再沿著馬路上的公車站牌走。忽然間，他聽見了一聲尖銳的剎車聲。馬正濤循聲望去，聽見駕駛兵高聲咒罵：「我×你的娘，尋死來的是嗎？」馬正濤的老花了的眼睛，看見一個人影在車下和駕駛兵對罵。看著軍車開走，沒有發生車禍，馬正濤拐過一個彎，走進了一家豆漿店。

馬正濤喜歡這家臺灣人開的豆漿舖。它烤出來的燒餅不像別家的那麼脆得吃起來一桌子都是半焦不焦的餅皮。這家的燒餅很有咬勁，這就叫人嚼出了麵餅皮和著油條的香味。馬正濤叫了一套燒餅油條，一碗打了蛋的熱豆漿，突然聽出來隔桌有幾個外省人老兵模樣的人，似乎在議論昨晚電視新聞的一景。

「都穿著日本兵服裝呀，」一個穿藍格子襯衫的瘦小老人說，「手裡還舉著一面很大的日本海軍軍旗。嘿！」

「都是一羣漢奸。」一個四川口音的人憤慨地說。馬正濤認得他。他常常看見那瘦老頭在忠孝公園裡打拳，不到一套拳打完，他就不張開他那緊閉的眼睛。

「我一看到那日本海軍旗，就覺得心頭絞痛。」穿藍格子襯衫的瘦子說，「那年呀，日本海軍陸戰隊，就是舉著那面海軍軍旗進了上海。我親眼見到的。」他說在日本旗飄揚下，日本人在上海和全中國燒殺擄掠。「我忘不了！」瘦子老人說。

「都是一羣漢奸呀。」四川老頭說。他說他老了。要是十幾二十年前，讓他在場，先殺個精光自己再去見官。

「看不得呀，」藍格子襯衫的瘦老頭說，「血一般的太陽旗，染著多少中國人的鮮血……」

「跟你說吧，都是一羣他媽的漢奸。就不知道哪裡冒出來的、一羣漢奸！」四川人說。

馬正濤默默地吃完了早餐，搭公車到火車站趕上了北上的快車。「都是一羣漢奸。」四川人的咒詛在火車飛馳的嘈雜聲中縈繞不去。他看著窗外。一輛灰色的轎車在田間小路上奔跑著。馬正濤想起了南滿州的鐵道。

日本宣佈戰敗前一個星期，李漢笙先生打電話到憲兵部隊要他立刻去瀋陽看他。「有急事，你來一趟。」李漢笙先生簡捷地說。就那一回，馬正濤坐在火車上奔馳於遼闊的東北的平原。他看見爲了不使反帝抗日游擊隊「抗聯」藏身以攻擊火車，日本人把鐵路兩邊種得密密實實的高粱田，像是用日本人的理髮器推掉的那樣，在鐵道的兩邊各剷掉了十五步寬的高粱稈，裸露出灰黃色的泥土。那時候，日本軍已經在廣大的華北、華南和遼闊的南洋陷入了致死的泥沼。太平洋戰爭中呈現出來美英龐大的戰力，和日本戰力的窘迫、招架無功，形成了強烈的對比。而曾經沉寂一時的抗聯的游擊破壞則有增無已。才是三個多月之前，李漢笙先生坐著黑色轎車到憲兵隊部來開會。車子在大院裡剛停下，就有日本憲兵趨前去打開車門，向頭戴灰色呢帽、身穿羊羔毛襯裡的皮長袿，臉上戴著深黑的墨鏡的李漢笙先生敬禮。開過了一上午的會，在隊部內高官餐廳用過飯，李漢笙先生傳他去說話。「抗聯的活動，不但壓不下去，火勢倒越是旺猛了。」馬正濤壓低了嗓子說。李漢笙先生沒說話。他的深黑色的眼鏡使馬正濤感到侷促不安。馬正濤說，憲兵隊把稍有「容疑」的市民、農民，略有抗日反滿傾向的青年和學生，能逮的逮了，要殺的殺了。「逮了、殺了這麼多年，這麼多人，倒使他們變得更加機靈狡滑了。」馬正濤說。李漢笙先生依然沉默地抽著套在菸嘴上的菸。「我要他們把你調離偵緝部了。」他說，「調到總務部去吧。部、局裡很大的家當，你去管起來。」李漢笙先生望著窗外說。窗外的兩棵銀杏樹，在冬陽下，映照得滿樹通亮。

李漢笙先生原是個留學日本的青年，早時跟在馬正濤的父親馬碩傑的身邊幫著掌管買賣大豆的生意，周旋在日本商人、軍部和東北當地親日商紳之間。李漢笙先生熟練的日本語和處事的精明圓融，受到日本軍部、特務和權商的賞識。何等狡慧的馬碩傑順勢慨然把李漢笙舉荐給了日本人。十年不到，李漢笙先生就深受滿州日本當局的信賴，出任滿州國警察署的「囑託」（咨議），成爲滿州特務系統中權位很高的中國人之一。

那時候，馬正濤看見那奔向瀋陽的頭等車廂的車門開處，進來了一個列車長、一個日本憲兵和一個滿州國警察，查驗旅客的身份和車票。隨著游擊抗日活動的活躍化，車船旅客的安全檢查也越發嚴厲了。馬正濤想起來，在近日的一份治安報告中說，「抗日不祥活動」正隨著局勢不安的擴大，提出了「打擊漢奸」的口號。親日派官僚、文化人和紳商遭到暗殺的案例雖然還不多，卻漸有所聞了。車窗外是一望無際的高粱田。誰能想到日本人在中國的天年會這麼短促呢？馬正濤想著。

李漢笙先生住在一幢德國商人留下的大花園洋房。圍牆內外，站著公服和便衣的警戒。當馬正濤從大鐵門旁邊的一扇小門進入李漢笙先生的邸院，三隻被鐵絲網圈住的大狼犬即刻以後腿站起，趴在鐵絲網上向他極其凶惡地露著尖銳的牙齒狂吠起來。佩著手槍的門房一邊並不很當眞地斥責猛吠的畜牲，一邊把馬正濤讓進了一間壁爐裡燒著熊熊之火的大客廳。

李漢笙先生走進客廳的時候，馬正濤在他的臉上看到了整個滿州國上下都在焦慮、徬徨的時節所不能一見的氣定神閑。李漢笙先生仔細問了馬正濤在總務部的工作情況，問憲兵隊的財庫、資產、武器、房舍、土地各項細節。

「重慶來聯繫了。」李漢笙先生輕聲說。馬正濤大吃一驚，啞然地坐著。

「重慶離開東北太遠了。他們一時無力阻止蘇聯軍和八路軍在戰爭結束時從日滿手中接收東北。」李漢笙先生板著臉孔說，「他們求到我們了。」

馬正濤依舊瞠目啞然。戰爭結束……「到了這田地了嗎？」他茫然無措地想著。

「把日本憲兵隊部一切財產和資源都緊緊抓到手中。」李漢笙先生命令似地說，「我早算了幾步，及早把你調開殺人放火的偵緝處。」

馬正濤一時全懂得了。日本正式宣布投降之後不久，重慶就派人把正式蓋有中央關防的任命書送到了李漢笙先生手裡。當日本戰敗，萬民騰歡，李漢笙先生居然就以重慶潛伏在東北的國民黨地工身份，搖身一變，正式發表爲「華北宣撫使署」首長，交換的條件是確保日滿在東北一切財產、武裝、情報特務及警憲體系，和資源、安全檔案及繼續羈押獄中的共產黨系反滿抗日份子名册資料，等候移交給國民政府。而當一些「附日附逆」的小小文人和官警被扣上漢奸的帽子，受衆人唾罵、遭新權力逮捕、審判甚至於下獄處決的時候，馬正濤仗著李漢笙先生的關係，也就搖身一變，突然成爲長期潛伏東北敵區的「愛國」地工，並且參加了「軍統局東北辦」的工作。這以後，李漢笙先生還密集賄買國民黨先遣人員，把已經被肅奸行動下在監中的重大附日官紳重新挖出來，發給證明文件，以潛入東北國民黨特工身份，從階下囚變成座上賓。「就中國的大勢言，幾十年來，反共一貫是頭等大事。」李漢笙先生有一回在宴請舊滿州國留用下來的新的特情班子時這樣說，「我們在……就說在舊滿州時代吧，所做所爲，主要也是反共防共。今天，黨國要反共防共，也得依仗各位無名英雄。」坐在末座的馬正濤還記得，那宴會大廳滿室輝煌的燈光，佳餚美酒，興高釆烈。牆上原先巨幅的溥儀肖像，早已經換成了委員長的肖像了。臉長的是兩個人兩個樣。但是一身勳章綬帶和肩章袖紋，兩人就幾乎沒有兩樣。那時的馬正濤這樣想。

透過了李漢笙先生，重慶得以在戰後迅速和日本關東軍部有了暢通無阻的管道通氣。幾百萬關東軍和憲兵隊受命只認國民政府一家去投降，也受命中央軍政機關未到之前，堅守崗位，不許將一槍一彈繳給蘇聯二毛子佔領軍和八路軍，還受命在國民政府先遣人員指揮下，與在旅大的美國軍方合作，抵制蘇軍南下全面佔領東北。李漢笙先生告訴馬正濤，重慶最高當局是把戰略眼光放在未來美蘇衝突引發的第三次世界大戰的高度上的。「委員長看到美中兩國聯合反蘇抗共於來日的大局了。高瞻遠矚，這叫做。這就要講化敵爲友。」李漢笙先生說。據他說，國民政府已經委由他向日本關東軍高層傳了話。「日本在戰後東北的防共反共上和我們合作，我們就保證第一不辦岡村寧次以下幾個戰犯；第二保證兩百幾十萬關東軍和日本僑民安全遣返。」李漢笙先生說。書桌上的大燈檯照著他的左臉，使他的右眼在陰暗的右臉頰中炯然有光。「連岡村寧次都能用，我們，還怕什麼……」李漢笙先生近於微笑地說。

坐在馳往北臺灣的快車上，馬正濤兀自冷著面孔微笑著。車窗外的稻田正是稻子開花的時節。從急馳的火車窗口看去，開著花的稻田像是罩著一層淡淡輕紗似的霧氣。「都是一羣漢奸！」馬正濤想起了早上在豆漿店裡的一場議論。都幾十年了吧，再沒聽人以「漢奸」罵過人了，馬正濤想：天下的事，要都像那些粗人想的，就簡單了。他記得那年八月日本人打敗，滿州國垮了。十月初，美國人幫著把重慶的大員和少數軍警從天上、陸上和海上送到廣闊的東北來。李漢笙先生人家眞是胸有成竹，帶著馬正濤和一些幹員，爲中央大員找氣派的臨時辦公室，幫著地方上過去附日的大官豪紳和商人安排連日連月、三餐不斷的宴請，夜夜不停的笙歌舞會，去巴結、討好重慶來的新主子。「山珍海味、醇酒美人，無日無之。」李漢笙先生說。他很快地獲得了中央先遣大員的寵信。因爲在他授權下，機靈的馬正濤能從日本人遺留下來的龐大「敵僞財產」中，爲接收大員依其官職大小而張羅不同大小和規格的華邸豪宅及汽車。而舊滿時代附敵致富的豪紳巨賈也沒閑著。他們忙著用金絲銀線織成了天羅地網，透過馬正濤穿的針、引的線，以配分走私鴉片的厚利、賄贈黃金和美妾歌妓，去換得在宣撫使署或先遣軍司令部謀個專門委員、參謀、秘書之類的名銜，一夕間變身爲愛國紳士。他們在戰後一片衰疲的華北大地上，「經營了一個封閉的城堡，過著紙醉金迷、酒池肉林的生活」。大膽的報紙雜誌開始這樣批評。

那城堡穩妥牢固，既連那年春天，南京突然傳來戴笠撞機身死了的消息時，也沒有撼動過那隱密的堡壘。李漢笙先生通令東北各省市為「戴先生」舉行告別禮，一時政軍特各界，不論眞心假意，全都送了輓帳，親臨致祭。到了夏天，當軍統局摘下了招牌時，李漢笙先生照樣在全面接收軍統局的中央保密局下出任長春督察支局當局長。

再過一個月，國軍突然向全國幾個重要的中共根據地開打了。在督察處一次幹員會議上，李漢笙先生把手放在厚厚的公文夾上說，上海、南京的學生、工人和野心家都鬧起來了，唯獨東北還能平靜。「上面很稱讚。」他說，「這自然不是偶然。」李漢笙先生站起來，用他的手掌蓋住了掛在牆上的全國地圖上大半個東三省。「東北遠離內地，自有天地。內地的風雨打不到東北來。」他說，「再講，日滿時代我們早就逮了、殺了多少奸匪？今日東北的平靜，日滿時代的工作有貢獻！」

但是李漢笙先生畢竟說早了，並沒說對，馬正濤想。冬天，大雪把整個長春市封住的時候，東北南沿的北平，就突然地鬧出從北京大學哄起來的「沈崇事件」，還叫囂著要美國軍隊撤出中國。督察局的神經緊張起來了，不斷給北平的處裡搖電話，才漸漸知道了沈崇事件竟而能像興安嶺上大森林的野火，捲著熱風和滔天的煙火，向全中國延燒燎開來。

督察局連連開會，燈火通明。凌晨或入夜，日本人留下的笨重的幾輛軍用車和美式新型吉普車在督察局的大院匆匆進出，抓進來一批又一批「奸匪嫌疑」和民盟份子。許多日本人留下來的花園官邸，掛上了類如「靜園」、「雨園」和「怡園」之類的小石牌，都變成鐵門深鎖、警衛森嚴的秘密看守所和偵訊所。馬正濤夜以繼日地指揮秘密逮捕、誘捕、拷打和審訊。他驚訝地看到他認識的、日滿時代、曾經和政府「弘報處」合作無間，時而在半官方的《滿州公論》和《大同報》的副刊「夜哨」上寫些親日應景文章、出席過日本人主宰的「大東亞文學會議」的評論家周恕竟也抓進來了。「別問我怎麼回事。你不也是從日本憲兵變成軍統局嗎？」周恕用腫成半個饅頭似的、破裂的嘴唇對拷訊室中的馬正濤說。周恕一點也沒有充英雄好漢。他一身都是瘀血和挫傷。他痛苦地呻吟，恐懼使他發抖，唯獨不論強灌椒水、吊起來毆打，都不能逼他從那滿是血水的、破碎的嘴裡說出一個名字，一個地址，一個機關。馬正濤的職業性的眼睛突然看出了周恕休克致死的危險，走上前去察看。周恕忽然在馬正濤身上嘔了半身鮮血，緊閉著眼睛死了。馬正濤變得越來越愛洗澡，就是從那以後開始的。

但是馬正濤的心底深處，逐漸感到揮之不去的淡淡的不安和憂悒。特警佈建的縝密比日滿時代只有過之而無不及，拷訊的技術，比起日滿時代只有更硬、更狠。然而，這久戰疲憊的民族，渴想著和平與安順的日子，看來早已經到了憤怒的地步。夏秋以後，反對內戰，要求和平建國和民主改革的吶喊，隨著東北局勢的逆轉，在全國崛起了罷課、罷工、罷市的風潮，震動中國大地。

第二年夏天，中央保密局指揮的全國性一次最爲雷厲的逮捕令下，長春督察處無日無夜地抓進來大批的教師、大學生、編輯、工會份子和民主人士，塞滿了整個東北的秘密監獄、看守所和偵訊室。東北的形勢嚴重。當千千萬萬的人敢於起來赤手空拳地向手槍和皮鞭逼近，馬正濤第一次理解到，一貫令人顫慄的特務權力，也會像烈日下的堅冰那樣融解和蒸發。拘留所和偵訊房裡幾千個新抓進來的「匪嫌」還來不及拷訊，在樹葉搖落日甚一日、關外吹來的秋風一天比一天蕭索冷冽的八月底，國共間的大兵團殊死決戰，就在廣袤的東北大地上的遼瀋、淮海和平津三個地區開打了。九月，長春被共軍團團包圍，李漢笙先生早一日專車逃脫，馬正濤化裝突圍，半路上被解放軍和民兵攔截下來，和一批國民黨官警送到吉林集中起來。

火車過了中市已有好幾個站了。臺北已經不遠。今天是李漢笙先生的忌日。李漢笙先生比他早了將近一年到臺灣。來臺以後，保密局雖然還在，但全國五湖四海各省各市的嫡系保密局老幹部全都水淹似地來到了臺灣，僧多粥少，何況像李漢笙這種從「僞滿」投靠的特務。李漢笙先生深識時務，早早從工作上退了下來，過了好幾年才因老衰死在榮民總醫院的頭等病房裡。每年此時，馬正濤總要上臺北來，到草山一個舊墓園去給李漢笙先生上個香。「陸軍少將李漢笙之墓」。馬正濤想起那一方孤單的墓碑。墓碑上的字還是毛局長親自題的。李漢笙先生對馬正濤半生的提攜、指點和影響太大了……馬正濤在回憶中回到了落在吉林公安部專門集中國民黨軍政警特的「解放團」的圍牆裡了。

解放團設在吉林市郊一個年久荒廢的古菴裡，正殿上的泥塑觀音身上滿是厚厚的灰塵。但這妙音草菴的佔地，連一片菜圃算起來，總共也有一畝多。菴中禪房靜舍、飯廳廚灶俱全。草菴的泥土牆不高，新架了並不緊密的鐵蒺藜。解放團的管理鬆懈，不沒收身上的鈔票細軟，不搜查行李包裹。馬正濤心中詫奇，總覺得其中必詐，而忐忑不安。所好的是菴裡集中的絕大多數是被俘的國軍軍官——有不少人還大剌剌地穿著熨線還很新鮮的美式毛呢軍裝晃來晃去——但很少有人認得馬正濤。

一個十月天的早上，馬正濤在盥洗台上洗臉，有一個微胖、禿了前額的人在馬正濤身邊低著頭忙著刷牙。「馬老師，馬站長，您也到了。」他頭也不抬地說。馬正濤認出那是長春市警察局保安隊裡的一個小組長。馬正濤在臨時的特訓班上過課。「別叫站長了。」馬正濤咧著嘴笑，把毛巾蓋在臉上抹。「我現在叫劉安。第五軍一個後勤連隊的少尉排長。」他小聲說，「在這兒之前，我們不認得。」

「知道了。」小組長用力漱口，把水吐到水槽裡。「您好。」他提高聲音對馬正濤說。笑著。

「天冷了。」馬正濤擰乾毛巾說。

「可不是。聽說錦州都解放了。」組長說。

「噢。」馬正濤說，「再聊吧。」他向組長擺出十分客氣、和善的笑臉，使了一個眼神走開。

錦州這麼快就丟了呀。馬正濤想著，大吃一驚。錦州陷落了，瀋陽的國軍就叫做「甕中之鱉」。他想：長春再一解放，共產黨把打長春的解放軍再開赴瀋陽……馬正濤心焦如焚。「不要說現在人陷在吉林的解放團，就算共產黨讓我馬上出去，戰爭的形勢垮得比我逃跑還快。」馬正濤對自己嘀咕起來，「我這不是走投無路？」

第三天早上，草菴圍牆裡的人三三兩兩走在一塊，繞著院子打圈。馬正濤想起了過去被他關在看守所的政治犯也一樣在監獄圍牆下的一塊泥土地上打轉放封。草菴裡種著一排白楊樹，樹葉都快落盡了。馬正濤一個人用稍快的步子走著，眼角餘光看見了那想起來叫趙大剛的小組長。馬正濤老遠就向趙大剛揚手。「你早。」馬正濤說。趙大剛也向他揮了揮手，果然像是初認識的兩個人。趙大剛放緩了步子，馬正濤趕了上去。

「昨天發了登記表。」馬正濤說，「該怎麼塡？」

「這煩人。」趙大剛說。

趙大剛說，大多數的人，除了那些沒什麼好瞞的、除了那些大剌剌穿著美式軍服晃來晃去、垂頭喪氣的國軍校尉，都得仔細推算，編一套也眞也假的經歷，揣在身上。「往後塡什麼表格，寫自傳……就按照編好的寫。」他說。

「免得前後矛盾。」馬正濤說。

「其實，有時先後不一致，他們也不怎麼問你。」趙大剛歎了一口氣說，「他們像是料定了天羅地網，我們再怎麼也終於無處隱遁。」

馬正濤沉默了。「你還是放老實的好。我們對你們，淸楚得很。」他想起自己曾在偵訊室中幾次對著充滿著焦慮、無助和恐懼的大學生說過的威嚇的話。「我還是照你的辦法。先打好一個草稿。」他對趙大剛說。

「那樣保險。」趙大剛說，「你以後還得塡別的表，寫經歷概況什麼的。」

「哦。」

「表遞出去了，政治保衛幹事往往還會找去談話。」

馬正濤皺眉頭了：「那還得背稿兒？」

「也沒那麼嚴重。」趙大剛說，在寒風中，哈著輕白色的霧氣。「不過，我們這種身份的人，不能不仔細，有備無患。」

當天晚上，馬正濤挑亮油燈編稿子。化名、化裝、假身份、編製假經歷都難不倒他這個在日本憲兵隊和軍統待過的人。但是編著編著，卻老是心虛駭怕。馬正濤想起了那些落在他手裡的青年。當他們用被打腫的手指吃力地編寫好的口供，被馬正濤看出了破綻而咆哮著撕碎時，他們那蒼白、恐懼和絕望的眼色，這時一一浮現在油燈的光暈裡。他太明白：他一個人絞盡腦汁寫的，逃不過一個小組人的仔細檢查。馬正濤寫了撕、撕了再寫，心焦慮亂，不知所措。

就在這時，馬正濤忽就想起了李漢笙先生。解放軍重兵圍城的前夕，一部小車在深夜的李漢笙公館院子裡熄著燈等候。李漢笙先生親自燒完了重要文件，準備登車脫逃。在只有馬正濤和李漢笙先生在場的偌大的客廳裡，李漢笙先生忽然對馬正濤說：「人落在國民黨手裡，即使坦白招供，也八成活不成。」他說，「人要落在共產黨手裡，眞坦白交代了，可能有八成死罪換緩刑的機會。」

馬正濤把李漢笙先生送上熄了燈熱著引擎的轎車上。公館的大門靜悄悄地打開。這時車燈忽然大亮，照見了院子裡幾棵修剪過的柏樹和幾個便服警衛的幢幢黑影。車子在院子裡靜靜地轉彎掉頭，迅速地馳出大門，開進了滿地細碎的霜華的黑夜。

像是得到了神諭，馬正濤突然決定了自首投降。他從來沒有在意過押進解放團時發給每一個人油印好的「寬大政策」說明書。但他想到瀋陽危在旦夕，東北易幟，整個華北就會陷落。他想起李漢笙先生的話，不知何以竟就確信自首投降是唯一可能求活的路……

說明了來意，解放團裡立刻派了專車把馬正濤送到吉林公安處。一個穿著半舊的解放軍裝，滿腮斑駁的鬍子碴的劉處長對馬正濤說他做對了決定。「我們是知道你的。」他說，「你自己走出來，對你自己好，主要還是對人民有很大好處。」馬正濤想起了李漢笙先生帶著他從日本憲兵隊投入軍統局。要是李漢笙先生也落到八路軍手裡，他會怎麼做？他想著。他開始向劉處長交代。他從建國大學、日本憲兵隊講起。「這些材料，以後慢慢寫還等得及。」劉處長遞給他一支菸，自己也點上了一支。

「那就說說我在長春督察處下瀋陽站的工作。」馬正濤說。他說在他指揮下，估計殺了百七、八十個人。「其中你們的地下人員應該佔了多數。」馬正濤說，低下了頭：「這是大罪。」

「這也可以慢慢再交代。」沉默了一會，劉處長說，「你知道我們急著要什麼材料。你放膽說，不要有顧忌。」

整個下半天，馬正濤巨細不遺地說了保密局在瀋陽佈署好的潛伏小組，說了埋起來的地下電報台機組，說了沿瀋陽到長春一路上沒有撤離、潛身在商界、文化界的舊軍統份子，連埋藏起來的軍械子彈都交了。

過了兩個禮拜，劉處長找他談話。「你交代的，沒有半點假的。」劉處長懇切地說，「該抓的都抓起來了。」那是十一月初的早上。「順便跟你說，瀋陽解放了，湧進吉林的難民很多，」劉處長說，「說不定你會碰到幾個熟人。」

馬正濤一下就明白了。「兵荒馬亂，還沒有人知道我已經被捕投降，」馬正濤想：「要把我當魚餌了。」他想起了自己在軍統時代的故技。他太清楚：他已經無法回頭了。

馬正濤走到吉林市上人多的地方，三個公安在他前後十來步也充當行人走著。馬正濤碰到了長春警察署督察長。

「馬站長，怎麼聽說你在瀋陽抓起來了？」督察長壓低嗓子說。

「謠言。你哪時走？」馬正濤說。

「這幾天。」他說，「我住的人家複雜，想找個乾淨地方。」

「我那兒穩妥，但只能住一兩天，久了也不方便。」

馬正濤說著，給了一個地址。那天晚上，那個人帶著行李來找，就被抓了起來。馬正濤在街上碰人，他給人家地址，也要問人家地址。幾天下來就抓上了十幾個人。馬正濤決心把自己交代到底，果然得到公安局極大的信賴。

「瀋陽解放了。那一頭有些工作想請你去一趟。」有一天，劉處長和馬正濤吃兩菜一葷的晚飯時說。馬正濤說瀋陽他熟、長春更熟。「明天就走。」馬正濤說。

第二天，一個沉默的年輕幹部陪著他去瀋陽。在走到吉林火車站的路上，馬正濤想和穿著半舊的灰色的解放軍裝的青年搭幾句話，但回答馬正濤的卻總是一堵牆壁似的沉默。在人聲嘈雜的火車站等著慢了點的火車時，馬正濤不由得想起了保密局偵訊室裡的年輕的、在沉默中包裹著仇恨的共產黨地工。「我終究還是他們說的階級敵人啊。」他突有所悟地想著。

「我去廁所。」青年遲疑地說。

「我陪你去。」馬正濤立刻說，「我在廁所門口等。」

青年如釋重負。廁所裡擠得都是人。排隊踏上排尿溝。青年幹部幾次回頭來看站在門口的馬正濤。馬正濤朝他笑時，青年也報以靦腆的笑容。當青年開始低頭解手，馬正濤幾乎本能一般地脫逃，很快地隱沒在萬頭鑽動的難民潮裡了。

4

昨天深夜，林標被一陣電話鈴聲驚醒。是一個稱呼他「表叔公」的親戚，從高市鹽埕地區掛來的電話。電話裡說，他找到了林標的兒子林欣木。「我注意著他，好幾天了。雖然他滿臉的鬍子，我認得阿木表叔的一雙眼睛。」欣木的眼睛自小就有些凸腫，但卻能張開一雙雙眼皮如刀刻一般明顯的大眼睛，看來堅定而又憂悒。就爲了這。就快七十四歲的林標一早就先在忠孝公園做了一套柔軟體操，才走到公路總局車站準備去高市。

在路上，林標想著那晚輩親戚的話。形容瘦削，滿臉鬍子的林欣木，每隔兩天就到一家馬來亞餐廳去清理廚房的陰溝，得一點工錢，順便帶一些餐桌上剩下來的飯菜。「我表叔不愛說話。身上衣服也不像其他流浪的『街友』那麼髒得出油。」電話裡說，「我看他的手腳也不像別的『街友』那麼骯髒。」林標聽著，沉默了一會說，「找他多少年了，這不孝子。」那晚輩親戚說，他終於跟到了欣木睡覺的地方。「是高師專隔壁巷子裡一個高壓電線座下。你來，我就帶你去。」

林標心中淒苦。他記得欣木夫妻兩人在離家北上的前夜，媳婦寶貴做了一桌酒菜。「咱們林家這塊田產，雖然是『三七五』得來的，我跟著阿爸一起在地上拖磨、流汗，也好幾年了。」欣木說著，用微顫的雙手把一盞小酒杯向著林標捧到齊眉，「賣了地，就像也割了我一塊肉。」林標沒說話。他看見從不喝酒的欣木，凸腫的眼瞼已經抹上了酡紅，睜著大眼，流露著決意。「生意沒做好，不把這筆土地公錢完好、加碼捧回家來，我就回不來家鄉。」欣木說。

林標還是沉默著，仰首喝乾了杯中的黃酒。他一百個不想賣地給那個「李董」。但是何止是自己家的欣木，眼看村中的青壯人力就像挖了開口的田埂，讓田水汩汩地往外流去。「我何曾要硬攔著你。不賣地就留地，賣了地就留錢，全都爲了使你將來有個萬一，要記得回來還有個退路。」林標在心中對著欣木說。現在他眞悔恨當時沒有把這些話明明白白說出來，否則這樣一個負責、勤勉的青年，也不會落到眼下這步田地。

第二天，林欣木把阿爸交給他的一大包現鈔，用報紙包實了，再把舊被單撕成條條，用來把那一大包鈔票緊密地包紮在自己的腰上，再穿上衣服，一清早帶著女人和孩子，紅著眼眶走了。來到了蝟聚著小型地下工廠的、空氣污濁、卻沸騰著對於成功發家的強烈慾望的三重市，林欣木和劉坤源在穢亂的巷弄中找廠地，到處打聽，買下關廠倒閉流出來的中古機械，開始了壓製不銹鋼調羹、西餐刀叉、耳鼻喉科專用的壓舌匙和小湯碗的生產工作。三個人油黑著臉孔、衣服和雙手，沒日沒夜地趕工。欣木覺得整個地下工廠區就像混亂、黑暗、窒息而骯髒的礦區，千萬人在這礦區裡瞎淘胡洗。很多人都淘不到像樣的金沙，但總有幾個人淘出了幾斤重的金塊。擲盡僅有的小額資金的人，悵悵地從流淌著黑水的礦區退出，卻有更多帶著小資本從鄉下趕來的人，不顧一切，噗通噗通地往黑色的泥沼裡跳。他們互相以讓價廝殺，一任冷血的貿易公司肆情剝削。他們以烈酒、女人甚至賭博來緩解筋疲力盡的競爭和過勞造成的疲乏和緊張。但在這競逐求活的修羅地獄中，欣木他們三人都集生產、外務、記帳於一身，加上長久沉重的勞動，總算撐持了下來。

布袋戲棚下常聽說「天有不測風雲」的戲辭。那年平地颳起了國際石油漲價的大波浪時，林欣木才愕然地理解了這句戲辭的意思。像病害突然連片掃過廣闊的田野，在怔忡間，稻穗乾了，黑了，噴灑農藥的速度也趕不上病害擴散的步伐。貿易公司接不到訂單，這就像斷了上游的田水使下游的田地乾涸一樣，地下工廠接不到轉包下來的訂單，開始像土崩那樣，連片地倒塌。林欣木他們終於也逃避不了倒閉的噩運。

那時候，離農出鄉的青年都因爲失業，像鱒魚一般溯河回流，回到自耕的老家。林標天天盼著林欣木一家人回來，半年過去，卻仍是音信渺然。林標突然想起欣木辭別時的話：「……不把這筆土地公錢捧回家，我就回不來家鄉。」林標皺起稀疏的眉頭，開始心焦慮煩，坐立不安。他於是更加抱怨自己當時怎地就沒把心底那句最要緊的話說出口：「將來有個萬一，要記得回來還有一個退路！」

就在這時候，一輛大卡車發出尖銳的、至急刹車的刺耳的聲音，在他身邊停下。

「我×你的娘哩，尋死來的是嗎？」

駕駛台上一個穿著軍服的駕駛兵憤怒地用臺灣話叫罵。

「瞎了眼睛，也找個人拉著。」駕駛兵嚷著說，「明明是紅燈，偏偏只顧衝著去投胎！」

林標還沒回過神來，只顧說「失禮。對不起。」但氣急敗壞的駕駛兵卻還是連連罵娘。林標生氣了。

「我會開軍車時，你人還不會出生哩。」林標說，「你神氣？×你娘……」

軍卡車吐出一陣黑煙開走了。林標看見車上都是蔬菜魚肉，兩個押車的阿兵哥衝著他笑。林標聞到了魚肉的腥膻和排煙的臭味。這是山腳下一個軍營的採買車了，林標想。

林標坐上開往高市的公路車。車子往回頭繞過了忠孝公園外的馬路，開出了和鎮，雖是秋深，一路上卻艷陽高照。自從兩年前白內障開了刀，林標的眼睛就開始有些畏光。車窗外是白花花的日光，使他感到刺目，車內的冷氣卻從頭上的冷氣口直接吹在他那白髮早已稀疏的頭頂上。「眞的。我在菲律賓開日本軍車時，他還不知道在哪裡呢。」林標想到了方才軍車上的小駕駛兵，冷笑起來。

他「出征」到菲律賓時，日本軍剛剛把美軍打敗，浩浩蕩蕩地進了馬尼拉市後未久，乘勝登上巴丹半島追擊美、菲軍隊，勢若破竹，擄獲了美菲敗軍約七萬人。日軍把有限的軍用陸上運輸工具全部調來輸送軍火和武器到挺進中的前線。林標一到了馬尼拉，就被調赴巴丹，編入一個運輸連當駕駛軍伕，日夜循環，跟著漫長的車隊奔馳在煙塵瀰漫、暑氣蒸人的黃土路上。由於沒有多餘的軍車載送，日軍強迫這七萬個美菲俘虜在巴丹半島上的炎天赤日下，徒步解送到一百公里之外的聖菲南多集中營。在運輸車隊裡的林標，就在這時從駕駛座上看見過那數萬人的行列，在酷暑下顛蹈而行，在路邊處處留下被押解的日軍用棍棒打死、用手槍格殺、用刺刀砍死的路倒、掉隊、甚至企圖脫逃的俘虜的屍體，都像斷了線的傀儡一般，癱倒在骯髒的血漬中，任炎日煎曝。

自從得知他的親兒子欣木也成了那些情願和現代社會的生活脫勾、流浪露宿在茫城市街角的「街友」，林標就會時而想起巴丹半島上瀕死的和已死的俘虜。白人俘虜多半還能戴上布盔，看來像是默片裡的白人探險家，只是形容枯槁，滿臉于思，奄奄一息了。菲律賓俘虜則服裝不整，只有少數幾個能戴上草帽，其他的人則只能以手帕、破布蓋住頭部，在烈日下搖搖晃晃地跋涉。炎天使很多患了痢疾的俘虜拉在褲襠裡的穢物變乾，卻發出更令人窒息的臭味。林標曾經到臺北大稻埕、臺北大橋下「街友」蝟居的地方去逐一探問。

「我怎麼會知道？」一個胖子街友望著別處說，「在我們這兒生活的人，誰也不知道誰的來歷。」

林標問到一個滿頭密密的灰髮的瘦高個子。林標看到那人在一點也不冷的秋日，卻把毛衣、毛呢襯衫和毛料破西裝全套在身上，露出滿是油垢的細瘦的脖子。他盤腿而坐，身體卻在輕輕晃動。在他跟前坐著的一瓶喝去大半瓶的紅標米酒，使他的臉冒汗發紅。他神情愉快。

「你找人找多久了？」灰頭髮閉著雙目說。

林標歎氣了。「都十……十二年了。」

灰頭髮這時忽然睜開了眼睛。「十多年了，還有人來找。」他語聲詫異地說，「通常，家人頭一、兩年還找，過了三年，再沒人來找了。」

林標心情憂悒。他徐步走過這首善都城的一個完全被摒棄的、晦暗的角落。他看見有幾個人舖開撿來的大紙箱當床鋪，蜷曲著腰身熟睡。這看起來太像那些半路仆死的俘虜了。林標的卡車就運過那些俘虜的死屍。破舊的皮鞋被活著的人剝下。菲律賓人的屍體張著黑色的、浮腫的腳丫，白種人的腳丫卻顯得特別蒼白，因長途行軍破皮糜爛的傷口滲出血水。菲律賓人的鬍子像山羊鬍子。白人的鬍子卻像蔓藤，密密麻麻地爬在灰黃色、眼窩深陷、鼻子高而峻削的臉上，任熱帶的蒼蠅營營地在屍體上飛來飛去。

公路車在高速路上馳走。林標突然瞌睡了。不知過了多久，他忽然聽見左前座上有人用一連串單音節的外國話有說有笑。林標驚醒，坐直了身子往左前座看，才看到上車時低埋著頭沉睡的一男一女早已醒過來了，看著竟而是膚色栗黑的、一看就知道是菲律賓來臺的工人。這時他們從提包裡拿出大包小包的零嘴，配著可口可樂吃著，笑語歡欣。林標當然聽不懂那些話，但他太熟悉那短促、單音節的菲律賓塔加羅語的語音。但在他記憶的深處，塔加羅語的語調卻充滿著死亡的恐懼、絕望、和爲了求得活命的淒厲的哀求。

日本人攻下馬尼拉不久，就拉出一個荷西‧勞瑞爾組織了傀儡政權，和日本軍部聯結，肆行法西斯軍事統治。平素和善懶散的菲律賓人，終竟也在法西斯恐怖統治下崛起。林標記得叫做「虎克」的抗日人民軍，逐漸在菲律賓許多小島上活躍起來。在柯雷希瑞爾島上，就發生了游擊隊伏擊日本軍車隊的事件，鐵橋被炸斷了一大截，車子被破壞了五十輛。日本人氣極敗壞，派林標的車子載了十四個武裝的日本憲兵，把周近三處草房聚落起來的小村子裡的男性一兩百人，全拉到一個茂密的竹林裡，集體屠殺了，隨後還派了兩個槍兵對著還沒有死透的人體戳刺刀。林標記得村莊裡那熱帶種的竹叢，長得比臺灣鄉下的竹叢還要高出許多，在南洋的熱風中婆娑搖曳。但竹叢下卻是一大片殷紅的血泊。就是在村子裡的青壯男子被拉出來強迫蹲在地上等候處決時，在一旁的老人婦孺就開始大聲哀號，以那短音節的土語，發出林標所從來不曾聽見過的、表達最大的驚惶、恐懼和絕望的人的語音。

但那短促、快速的單音節的語言，也表達過憤怒與無畏的意志。菲律賓游擊隊的反日破壞事件，像是鑼捶用多大力氣去擂，銅鑼就回報多響亮的鑼聲那樣，隨著日本軍政當局困獸似的瘋狂濫殺，而不能阻遏地向菲律賓各島燎燒開來。林標的軍卡車，就載運過一批又一批被反綁的菲律賓游擊隊，由日本憲兵押解到市郊的一條溪流邊。男子們大都沉默地被推下了卡車，不無茫漠地在一個預先挖好的大坑的岸上站隊。然而，每次也總是有幾個人，用那單音節的塔加羅語，以高亢、憤恨、堅定的語氣，呼喊著口號，然而也總是在語音未落之前，就被日本憲兵從身後一槍打下土坑去，留下凝結在河邊夜空中的那鏗鏘的、單音節的語言，在林標的心中繞縈不去。

左前座上的兩個菲律賓人還在吃著零嘴，並且笑語春風。兩個人都穿著淺藍色的牛仔褲和夾克，狀頗親暱。林標望著車窗外急速後退的風景，想到當年美軍反攻登陸馬尼拉市區時，日本步兵第十七連隊在巷戰中對菲律賓市民所進行無甄別的狂屠濫殺，姦淫燒掠。但幾十年之後，從那屠刀下倖活下來的種族，而今竟也生氣勃勃地到世界各地打工賺錢，直有隔世之歎。林標記得，在那些年，日本人即使在戰地上，也不給臺灣軍伕配備任何武器。然而，也因爲身上沒有了武器，才使林標和其他臺灣人軍伕只成了殺人煉獄的旁觀者。這又絕不能說在天皇軍隊中的臺灣人的雙手就能不沾上日本軍隊獸行的血跡。從大陸廣州灣、雷州半島調來巴丹半島的臺灣人軍伕，就傳來在大陸的少數臺灣志願兵，和日本兵一樣，對中國百姓燒殺姦淫。「你沒見過，就不知道。」有一個從廣州灣調來菲律賓、癩了半個頭的臺灣人駕駛軍伕對林標說，「因爲知道都是臺灣人，你跟那些臺灣人志願兵講臺灣話，未料他一個巴掌打得你的鼻血雙管齊流。巴格鴉羅！他還罵。我×他娘。」

癲痢頭接著說，就是這些「志願的」，還眞以爲自己是日本人了。「有一個押糧船的臺灣人小軍曹，在廣州市大街上，大白天裡強姦了一個女人，還用刺刀挑開女陰。」癩子抓著頭皮說，「臺灣人拿到人家的武器，就變成了畜牲。×他的娘。」

那時候，林標默默地抽著日本軍菸。他想起了在馬尼拉市郊一間狹小、陰暗甚而有些穢亂的小雜貨舖。雜貨舖的老闆是個姓葉的泉州人華僑。林標第一次到小雜貨舖買土酒時，那老闆滿臉諂笑。林標當他是菲律賓人，向他比手劃腳時，姓葉的泉州人以試探的語氣用閩南話說：

「買燒酒嗎？」

林標大吃了一驚。「你講臺灣話？」他驚喜地說。「我跟你們臺灣人一款，都說福建話哩。」泉州仔說著，堆著滿臉的笑紋。後來，林標問泉州人，怎能知道他就不是日本人？「臺灣人的日本兵不配槍。連刺刀都沒得佩。」泉州人說。

從此，「福建話」像是這惡山惡水的戰地裡唯一的一泓汩汩甘泉，開始執拗地引誘著林標藉口買些日用，去照顧雜貨舖寒傖的生意。有一天，坐在雜貨舖門口的木椅上，林標和那泉州仔互相交換著菸抽，說著閑話。林標一抬頭，突然看見了雜貨舖裡微暗的內室，閃過一個十五、六歲的少女的身影。她眼睛大而明亮，微張的嘴唇流露著少女獨有的嫵媚。「我的女兒。」泉州人慌張地說，臉上的笑容顯得更其諂媚。但林標卻突然明白了泉州仔這一向的諂笑中，包藏著多少恐懼、猜疑甚至憎惡。在這姦淫搶掠直如日常茶飯的亂世中，把蓓蕾初綻的女兒深藏在內室的這老泉州人，是在以他那絕望的卑屈和表面的巴結去奮力保護著他的家小。當身穿日本軍服的林標瞥見了內室的少女，泉州人的笑容看來就是絕望、討饒的懇求。林標明白了穿著日本軍衣的自己，從來就是這泉州人可怕的敵人和仇家。林標沉默地抽完一支菸。「我走了。」他低聲對侷促不安的泉州人說，蹬上他的軍卡車，揚起燠熱的土塵走了。這以後，林標感到孤單，心中疼痛。幾次想去那家寒微的雜貨舖子，但想到那泉州小商人驚惶、傲慯而又卑屈的笑臉，林標寧可坐在車隊調度室的台階上，一個人抽菸。

戰爭結束的前一年，即使是連一個駕駛軍伕林標，也感受得到戰局在嚴重逆轉。日本對菲律賓的海空支援已經瀕臨癱瘓。菲律賓抗日人民武裝更爲活躍了，反日破壞事件此起彼落，無日無之。而一向表面上看來鄉愿怕事的在菲華僑暗通菲共，偷偷地爲游擊隊供應糧食，又捐款支援大陸中國抗日的跡象日益昭著，日本憲兵隊於是暗中發出了「肅正敵性華僑」的密令，開始從馬尼拉市中心展開對華僑紳商抄店抄家，逮捕殺害，後來很快地發展成爲對華人的幾乎無差別的瘋狂逮捕、拷問和殺戮。有一日，林標在隊部晚飯桌上無意中得悉，就在次日凌晨，憲兵隊要調用軍車把「肅正」推向市郊。林標放下碗筷，胡亂編了派車理由，跳上他的卡車，直直奔向馬尼拉市郊區那小小的雜貨舖。泉州人葉老闆那美麗的女兒的大而澄澈的眼睛，透露著驚惶和無助的美目，一路上在林標的腦海裡明滅。林標把車子停在雜貨舖前，正走向站在店口以疑惑的笑臉凝望著他的老泉州人時，忽然就看見一個日本憲兵帶著兩個日本槍兵的巡邏隊突然從一排椰子樹邊出現了。林標悚然一驚，但隨即用皮鞋猛踢了一隻在腳邊拱著泥土的瘦小的、泉州人飼養在地上隨地亂竄的土豬。土豬尖聲嚎叫。林標滿臉怒容，氣沖沖地向那可憐的泉州人高聲用「福建話」咆哮：

「暗暝時，日本人就來剿村！你們趕緊收拾好！全家人緊走！」林標揮動拳頭，怒聲說，「趕緊！聽明白！」

泉州人瞠著死魚似的大眼睛。連連哈腰鞠躬。「是啦，是啦。」泉州人說。林標看著日本兵走近，一個箭步衝了上去，用全部的力氣甩了泉州人一記響亮的耳光。泉州人踉蹌地跌倒在地上。

「全家走！緊走！」林標用閩南話咆哮，然後改日本話罵人：「巴格鴉羅！」他然後回身向走近的日本兵立正敬禮。「什麼事？」憲兵問。「他騙了我的錢。」林標用生硬的日本話說，又回過頭去對泉州人發出惡聲，「巴格鴉羅！」三個日本軍人笑著坐上了林標的軍車，揚著土塵開走。「巴格鴉羅！」林標兇惡地說。他在雜貨鋪前調轉車頭時又用閩南話叫罵似地說，「日頭落山就走！」

泉州人一家連夜逃入山林，終於保住了性命。但林標就從此再也沒有了他們的消息。

公路車滑下進入高市的交流道，天色已經黃昏。車子到站前，林標就爲了一個一路上不時困擾著他的難題發愁。他這個七十五、六的老人，要怎樣面對一個流浪了十多年的、五十好幾的兒子？「阿木，我們回去吧，什麼話都不用說。」林標準備這樣對欣木說。也許欣木不願意，覺得再沒有臉回去，林標憂心地想。那麼林標就想說，「阿木，月枝也三十多了。她一直要找到她爸，經了多少風霜苦楚，你知道嗎？」車子終於駛進了高市總站。林標在心裡對著兒子阿木說，「何況，人若要死，我這把年紀，說不定就是今暝明早的事。總得有個人把我裝進棺材，送我上山……」林標老人在心裡向阿木說，不覺熱淚盈眶。林標用手背拭著淚，下了公路車。他站著，看見一個霓虹燈光閃閃鑠鑠，人車喧嚷的夜的城市，不覺茫然了。

5

馬正濤出了臺北火車站，打了一個電話給祝大貴的兒子祝景，告訴他人已到了站，隨即轉搭前往市郊那個大公墓去的公車。一個中學生模樣的小伙子站起來讓坐。「謝謝你呀。」馬正濤說。他坐在座椅上，開始感覺到從裡到外的疲倦。畢竟是年逾八十的老人了。李漢笙先生過世的時候，有十幾個私服的將校都到靈堂去燒了香。但是等到人一落了土壙，清明、忌日、冥誕去上墳的學生部屬就只剩幾個人，後來很快地就只剩下馬正濤、李漢笙先生的貼身侍從祝大貴、和李漢笙先生的上校秘書趙松岩。十多年前，祝大貴胃癌拖了三年，死了。翌年，趙松岩忽就老痴了，看不緊，一溜出門，就認不得路回家。這以後十年來，想起來了、或者來了臺北順便上這公墓舊區來探李漢笙先生的，一直就只剩馬正濤一個人了。馬正濤去年沒能來，至於今而墓草蔓生，幾乎就要蓋過了墓石。年事日以老，體力衰退得一年比一年快。所好祝大貴那個兒子祝景，每次都願意和馬正濤配合，否則馬正濤無論如何一個人是沒辦法整這些怒生的荒草的。

馬正濤在墳邊的石板上坐了下來。墓場裡空無一人，遠遠地只看見一個把臉包在一塊舊花布裡以防日曝的女工，在墓場西邊新區有錢人家的墓園裡打掃，爲花木澆水。馬正濤於是想到了保定清河邊上的亂葬崗。

那年，他從吉林火車站的廁所門口脫出，沒有向開往瀋陽、升火待發的、人山人海的火車月台竄去，反而疾步走出了車站，隱沒在往南方逃亡的鼎沸的人潮車流裡去。走了數日，來到了風聲鶴唳的保定市。

「馬處長，果眞是你呢。」

馬正濤慌忙回頭，看見一個農民模樣的人挑著小包，細看就認出來是長春保密局一個科長劉立德。馬正濤迅速地往前後左右瞟了一眼，心裡想著他自己在吉林給公安局當魚餌的事。

「如果不是路上有共產黨在查問您的下落，看著您這一身幹部服裝，我準得離您遠遠的。」劉立德笑著說。

「我跟著你走了。」馬正濤說，「閉著眼睛跟人潮走，心裡不踏實。」

劉立德說沿著這條路走到明天晌午，就碰到清河了。「在那兒，應該可以找到咱們的人。」他說。馬正濤心裡又是一驚。「我餓了。」馬正濤說。

「馬處長，你別再猜忌我了。」劉立德笑著說。「我也沒放心您呢。早聽說您被共產黨抓進去了。跟在您一旁走了半天，看見您臉上都餓瘦了，黃了，我才確定：眞給共產黨在難民中當眼線的人，就不該餓著。」

劉立德在包袱裡摸出了半個麵餅交給了馬正濤。「沒有水就著吃，要細嚼慢嚥，不要嗆著了。」他說。馬正濤覺得自己接過那半個硬餅的手有些發抖了。

「你說的對。我這一身幹部服太搶眼了。」馬正濤啃著餅說。他想問劉立德有沒有多帶衣物，卻說不出口。「穿幹部服有不便，也有好處。」劉立德說，「看情況，是吧？到了清河邊兒，設法弄一套舊棉褲和棉褂子。」

「清河邊兒」有什麼方面的人等著？馬正濤不由地想，感到災禍在不斷地逼近的恐懼。「我跟著你走對了。」馬正濤討好地笑著說。劉立德說起幾年前在長春時犯過局裡的家規，是馬處長爲他開脫的。「我都忘了。」馬正濤說。其實他記得。當時劉立德睡了一個抓在他手裡的政治犯的妻子，被告到總局去。半個硬麵餅像是給汽車添了汽油，馬正濤的步履長了力氣了。

天黑以後，他們找到一處乾旱小溪上的斷橋下，張羅著睡下。入晚以後吹來的風，逐漸變冷了。馬正濤在黑夜中睜大了眼睛，聽著風聲。等待劉立德很快睡沉之後，馬正濤悄悄地起身，掄起扁擔，使了全力往劉立德的腦袋上打。劉立德輕輕地哼唷了兩聲，這兵馬荒亂的深夜仍歸一片寂靜。馬正濤伸手去摸兩個布包。一包硬，一包軟。馬正濤抓著軟的一包，頭也不回地往大路邊的山崗上疾走。

不知道在黑暗中橫衝直撞地跑了多久，天上撥雲見月，瀉下一片清冷的月色。馬正濤這才知道自己竟已闖到一個遍生著枯草的亂葬崗。他一邊喘著大氣，一邊打開布包。就著月光，他在布包裡找到三綑當時日日水瀉一般貶值的大面額鈔票，五、六根條子、一些金飾和乾糧。除此之外，就是幾件摺好的農民衣服了。「殺錯了人了。」馬正濤木然地想著。他坐在一塊墓石上，漸漸地從這山崗上看到了黑夜極目之處，有一抹水光，在月色下忽隱忽現。那裡該是清河了。他想。他知道這清河一路東流，從渤海出海。出了渤海，海闊天空，自由自在。但他卻被牢牢地困在步步艱難的逃亡潮裡。「是錯殺了劉立德了。」他默默地坐看天色由暗而明時，緊抿著嘴唇，無可如何地想著。清晨的天色像舞台上逐漸轉亮起來的燈光，照出了山崗下的沒有炊煙的村莊，照見趕早上路的難民潮，看見在遠處發出並不刺眼的白光的清河。

比起從清河邊的亂葬崗看下去的殘破的、聽不見鷄鳴和狗吠的村落，眼下從這臺北市郊山坡上的公墓瞭望的北市，卻是櫛比鱗次的高樓大廈。「馬伯伯。」馬正濤循聲望去，祝大貴的兒子祝景來了。他高頭大馬，戴著鏡框嫌小的墨鏡。

「你看著又胖了。」馬正濤笑著說。

「我，喝水都長肉。」祝景歎氣說，「您一個人想事兒？」

祝景穿著長袖黑襯衫。手上套著棉手套，右手抓著小束白菊花，左手的塑膠袋裡裝著兩把舊鐮刀。

「休息一下，喘口氣。」馬正濤說。他歎息了。他說他在想他馬正濤當年竟然從保定一路披星戴月，逃到北平，再從天津奔了上海，從上海跑到雲南。知道四川就要解放，才設法過了邊界，到泰北游擊隊上待了近一年，「找到你爹和李漢笙先生具了保，才到臺灣。你爹早一年跟到李先生來了臺灣。」馬正濤說，「如今他走了也多少年了？」

「十二年了。」祝景說。他從塑膠袋裡拿出一把半銹的鐮刀和一瓶礦泉水。他把礦泉水給了馬正濤。

「你爹來臺灣結婚得晚。四十才結婚的吧。」馬正濤說。他把礦泉水打開，對著嘴大口喝水。祝景開始捲起袖子割草。馬正濤記起祝大貴結婚時，在眷村小房子裡只請兩桌酒，李漢笙先生主婚。那時李漢笙先生看來又比馬正濤在民國四十一年春間來到臺灣重逢時更老弱了一些。來臺灣以後，馬正濤找到了住在士林保密局小宿舍裡的李漢笙先生。李漢笙先生爲他關窗閉戶，讓馬正濤把自己在吉林投降、又「爲敵所用」的全部經緯，一五一十和盤託出。李漢笙沉默了很久。「我來臺灣時想過了。如若留在大陸是死路，而回臺灣也是一死，我寧可死在國民黨的手裡。」馬正濤對李漢笙先生說，「今後該怎麼走，全聽局長的。」

「被你牽了進去的人，將來被共產黨殺了，算是滅了口。活著關起來的，十幾二十年也還出不來。」李漢笙先生沉吟著說。過了一個月，在李漢笙先生的保荐下，馬正濤到當時承擔著全島風風火火的「肅防」工作的保密局大樓去報到了。具有從軍統到保密局長期資歷的馬正濤，現在已不進偵訊室去直接拷訊從臺灣四處夜以繼日地抓進來的「匪嫌」，而在幕後不斷地開會，判讀堆積如山的供狀，指出供狀的破綻，揭示偵問的方向。成千上萬的臺灣和外省青年被送到馬場町刑場，被推進長期徒刑的監獄。

祝景把墓塚周邊的亂草割得差不多了。馬正濤看見他微喘著氣，一邊用衣袖揩去臉上的汗。「歇會兒吧。」馬正濤笑著說。祝景解開胸前的鈕扣，迎著山風抽菸。

「你爹你娘結婚，就是這李漢笙先生主的婚。」馬正濤說。

「聽說了。」

「你的名字祝景，也是李先生取的。」

祝景抬起頭來。「這倒沒聽說。我還時常想，我爹用這景字，有什麼學問在。」他說。

「景，是宏大的意思。」

馬正濤說，古人說了「景行行止」。「景行，走大路，康莊大道吧。」馬正濤說，「景行行止，是說走路得走正大之路，不走到底不休止。這是李先生對你的期許。」

「哦。」

那是民國五十二年了，馬正濤記得。祝大貴請吃嬰兒的滿月酒，李先生就在席上爲嬰兒當場親自取了名。酒席散了。「正濤你送我回去。」李漢笙先生說。馬正濤叫了一部計程車。李漢笙先生上了車，望著車窗外面。「到植物園去看看吧。」他說。

馬正濤扶著明顯衰老了的李漢笙先生，走進了植物園。李漢笙先生走得很慢。「您累了。」馬正濤不安地說。李漢笙先生沒有說話，在一個有林蔭的便椅上坐了下來，微微地喘著氣。坐在一傍的馬正濤看見他臉色陰暗而蒼白。

「我看到資料了。」默默地枯坐了一會，李漢笙先生說，「共產黨特赦了幾批戰犯。」

李漢笙說共產黨在民國四十八年底特赦了第一批「戰犯」。「全是我們國民黨政、軍、特高層人員。」李漢笙先生說，「天津警備司令陳長捷你記得吧。」

「記得。」

「他就是第一批出來的。」李漢笙先生說，「去年又赦了一大批。軍統少將沈醉也出來了……今年又赦了一批。」

植物園裡的蟬鳴益發聒噪。馬正濤感到心頭長了一塊沉重的石頭。

「依我看，到現在，放出來的還都是被俘國民黨裡最高階人物。」李漢笙微喘著氣說，「軍統裡和戴先生齊名的康澤，今年就放了。」

馬正濤說，萬一這些人公開透露他曾投降、替共產黨抓人，他就一個人承擔。「將來問到您了，我什麼也沒對您說，您什麼也不知道。」馬正濤低下頭說。

李漢笙輕輕地歎了一口氣。不遠處有幾個男女學生架著畫架寫生。「那一年你幫共產黨牽進去的，全都是芝麻綠豆大的人物，一時怕還出不來。」他說，「再說，我這病身，棺材都鑽進一半了。他們還沒牽扯到我，我行許就走了。」他笑了起來，「正相反，你得把事兒全部往我身上推。」

「李局長！」馬正濤說，眼眶紅了。「我絕不能這樣做。」那年的下半年，馬正濤聽從李漢笙安排，從警備總部退下來，自動外調到地方外縣的政府裡去擔任管保密安全的小官，以他那一副天生的笑臉，遠離了中心，在小縣外地裡逍遙養晦。民國六十四年共產黨釋放了所有的「內戰戰犯」。馬正濤在地方上得知這機密資料時，事情早已過了三年，這期間也沒什麼動靜。他還知道有幾個釋放出來的舊國民黨特務申請入臺，人都到了香港，卻全被臺灣方面硬是截住不讓來臺。馬正濤偷偷地舒了一口氣。

祝景把雜草割得很乾淨，卻已滿身是汗了。現在李漢笙先生的墓座，看來就像是一個剛剛理過頭髮的人，光鮮乾淨。祝景開始把雜草堆集起來，用打火機點火。

「忘了帶舊報紙引火了。」幾次都沒把火點成，祝景帶笑著說。馬正濤在自己的口袋裡摸出兩張發票和一撮面紙。祝景小心翼翼地引上火。一股青白色的煙向風尾飄去。祝景專注地看著火苗。「下個月我想到蘇州看看去。」祝景說。祝大貴是蘇州人。馬正濤沒說話。潮溼的雜草顯然不能完全燃燒，發出濃濃的白煙。有白頭翁的鳴聲從遠處傳來。祝景說他知道他爹到了病重了，才開口說他想念在蘇州的老家。「每次說，就流著淚花兒。」祝景說，望著遠處塵煙中的臺北市抽菸。

馬正濤當然聽得懂這世侄祝景的話。歸結起來，就是問馬正濤沒想過回家嗎？馬正濤想，他跟共產黨結的怨太深了。李漢笙先生從東北脫走以前，在馬正濤指揮下抓的、殺的地工嫌疑，少說都有兩百上下。現在殺人放火比他凶的人都給放了，他對自己說。放了也不行。他又對自己說，他在大陸上結的民怨更深。再說，人到了大陸，怎麼好跟自己在吉林牽出去的老同志見面呢？馬正濤對自己無聲地自言自語，跟自己爭辯著。

雜草的溼度大，火苗拉出一陣白煙就熄滅了。祝景忽然如獲至寶地想到包著白菊花束的舊報紙。這回火燒得旺了。祝景用鐮刀尖把草堆撩鬆，使更多的氧氣和悶燒的火種接觸，吐出橘黃色的火舌。在嗶嗶啵啵的火燒聲中，濃煙把祝景嗆出了眼淚。

「馬伯伯，我想了好久了。」祝景說，「現在臺灣人都把我們當外人了。你怎麼裝孫子，你還是個外人。」他說如果外省人也把自己當成大陸的外人，路的兩頭就全叫堵著了。「我爹在臺灣過了半輩子，一死百了。」祝景說，「但我們這一代還有多少長日子要過……」

馬正濤站起來躲著一陣逆風吹來的濃煙。他不說話。他知道不說祝景也明白。他們其實爲這爭執過。馬正濤說，許多外省人和共產黨有很深的過節。「只要國民黨在臺灣當著家一天，我就緊跟、緊靠著國民黨一天。再沒有別的路。」馬正濤這麼說過。「可是現當今國民黨到哪兒去了？打換了人家上來當總統那天起，國民黨就亡了呀。」祝景漲紅了臉說。「那不能這麼說。政治、權力、財經、安全體系、還有軍隊——這你別忘了——還是在我們國民黨手裡。青天白日旗還在飄……」馬正濤似笑非笑地說。

「反正先回蘇州看看，」祝景說，「看看合適，下回把我爹的骨灰也送回去……了他老人家一個心願。」

「也是。」馬正濤說。李漢笙先生、祝大貴和他自己，注定了永遠回不了家鄉，不能給大陸的親朋寫信，注定了終生只能背對那一片早已長在血肉裡的山野河川……馬正濤想著，不覺有些淒清。

割下來的野草燒成了殷紅的餘燼。馬正濤把白菊花束擺在墓前的石檯上。他站了起來。他的右手拉著祝景的左手，佇立在李漢笙先生的墓前，一連鞠了三個躬。

「漢笙先生是我同您爹的再生父母。」馬正濤凝視著墓碑，沉思也似地說。

兩人在暮色中離開了墓園。祝景讓馬正濤坐進他停在小坡邊的中古喜美車。車子沿著山路下滑。馬正濤從皮夾裡掏出了三張千元鈔。

「馬伯伯，您這是……」

「這不是給你的。」馬正濤說，「每次你都爲我對漢笙先生盡一份心意。我還能來幾次，也難說了。」

「馬伯伯……」

「漢笙先生若知道你的孝心，不知道有多麼高興。」

馬正濤望著窗外，咧著嘴說。

「馬伯伯，什麼時候我眞該去看看您。」祝景收下錢，望著後視鏡說。

「你來呀。」馬正濤開心地說。

「馬伯伯你住的地方還不好找呢。」祝景說。

「你先找到忠孝路上的忠孝公園就找到了。」馬正濤說，「忠孝公園門口右首一條巷子就是。」

「哦，明白。」祝景說。

6

林標想：常說「論輩不論歲」，那稱呼林標爲表叔公的周明火，其實只比欣木小了四、五歲，現在五十了。林標從南洋回來，租得一塊莿厤田改種了稻子，咬著牙種地種到了三七五、田竟變成了自己的田的那年，欣木九歲才過。那時欣木就經常帶著四歲大的阿火在田裡抓泥鰍、釣田鷄。明火的父親是個窮苦的僱農，三七五也沒能使他變成一個小康的自耕農。欣木常常帶流著鼻涕的阿火回來吃晚飯。林標爲兩個小孩各盛一大碗白飯，泡上豬油炒香的絲瓜湯，兩個孩子就坐在門檻上呼嚕嚕地扒飯吃。小了欣木四歲多的阿火，吃的和欣木一樣快，一樣多。窮人疼窮人，這些周明火全都記得，一直到今天，還總是依鄉下規矩叫林標「表叔公」，在林標跟前提起林欣木，不敢直呼阿木，還是照舊慣叫「表叔」。

周明火接到了林標，天色將晚，帶了林標上小館吃過，就領著林標到師專隔壁巷弄的一座高高聳立的高壓電線塔。鐵塔的基座，是十分厚實的水泥砌成的，看來像是四個腳的橋墩，可容一個人在裡頭立臥。

「我表叔就在這兒睡。」

周明火指著四個墩柱框起來的，彷彿沒有砌上牆壁，光有厚實屋頂的「屋子」說。林標和周明火走進了欣木的「屋子」。老林標覺得心中苦楚，看見水泥地板上有幾片不知從哪個院子裡飄來的枯葉。在靠內側的墩腳下，堆著幾個空罐和空瓶，壓著一張昨日的晚報。林標四下望了望，「怎麼沒看到他的被鋪？」林標鎖著眉心說。「這裡有幾個大紙箱呢。」阿火指著靠在另一個墩腳上的、土色的大厚紙箱說。林標在臺北橋大稻埕那兒看過。他的腦中浮現了睡在鋪平的厚紙箱上，再用兩個大紙箱摺合成擋風的屏風的流浪漢，覺得眼熱喉梗。「我認清楚了，那是我欣木表叔不會錯。」周明火說，「這回一定苦勸他回家。」林標出神地望著墩腳旁的瓶瓶罐罐。「這不孝的、不孝子。」他喃喃地說。這巷弄是一排人家的後院。有人在後院裡種著開黃花的絲瓜，有好幾盆花草因爲沒有人澆水，早就枯萎了。天色逐漸黑暗到林標和周明火都要互相看不清對方的臉孔了。周明火抬起手來，藉著人家的廚房漏出來的燈光看錶。八點過十五分。「九點左右，我表叔就應該會回來了。」周明火說。開始有蚊子向他們嗡嗡地攻擊。蚊子這麼多，欣木要怎麼睡？林標抓著胳臂上的癢處，默然地想著。

然而兩個人等到九點四十五了，巷弄裡還是沒有人進來的動靜。在夜色中，一棟棟黑黑的樓房的窗口，透露出黃色的溫靄的燈光。

「表叔公，欣木表叔他一定會來睡的。我跟踪他都幾天了。」周明火懇切地說，「但我得去上十點的大夜班了。」阿火在電話中提過，他在一個塑膠射出廠裡管生產線。「你去，你去。」林標說。「找到我表叔，在車站打電話來。」周明火說，「也許我能抽空去車站看看欣木表叔。他小時候就疼我。」林標說那是一定的。阿火匆匆走了。但是，林標心裡想，如果眞見到了欣木，而欣木眞願意回家，他就要花一把錢僱個計程車，再遠也直奔到和鎭去。

過不多久，巷弄那頭有人跑來了。林標站起來張望，看見竟又是周明火張羅了蚊香和便利商店弄來的茶水和零吃。「見了面，你可千萬不要對我欣木表叔說重話。」阿火說，「過去的，放水流去。無論如何也要勸他回家。」周明火說完又匆匆離去。

「我去上工了。」他說。「你去吧。」林標說。

十點過半，仍然沒有人走進來的聲影。林標站著乏了，索性就坐到高壓電纜鐵架下的「屋子」裡去。他點燃了蚊香。帶著某種藥味的青煙，從一小點殷紅的火光向四面飄散。林標睜著眼睛盯著這黑暗的弄巷的唯一的入口。他開始一個人對欣木訴說著從心底泉湧的話。

欣木，你聽我說，如果這次果眞是你，如果這次你心願和阿爸回家去，我們一家就團圓了。你女兒月枝，你自己算算也知道，如今都是三十出頭的人。她就在下星期回來看我，說是也帶一個朋友回來玩。你果眞回來，我們一家三個人就團圓了。也沒有戰爭，也沒有天災地變，怎樣我們一家就這樣四四散散？講這是命，我信不下。當年賣了土地，剩下的錢都還在，也不是沒有家讓你回來，欣木你何苦來流浪，乞丐一樣？

那年你一家子搬出去，月枝才兩三歲大。等到你把月枝送回來，她十二歲。你帶她回到我們和鎮，你竟不肯踩進我們家，在公路站下車，畫一張地圖，寫上地址，叫阿枝一個人摸路回來。怎樣你心肝這樣梟狠。

可是阿枝這個孩子也特別。兩三歲被你們帶出門，十二、三歲回來，卻像才出門兩三天回家似的。她轉來那天，我還記得。阿公，我是林月枝啦。我傻了半天。我說，我的孫是嗎？她笑紋紋地說，是啦。阿木，你這女兒長得好不說，生性也乖巧。一進了門就知道親，叮叮咚咚地和她阿公說話。我這才知道你把工廠收起來的那年，她都小學五年級了。第二年，你和你女人寶貴開始到臺北大橋頭、萬華龍山寺邊去等人來叫零工，以日工算工錢。阿枝說你們在窮人住的水門下租了一個小房子。日子過得辛苦。阿枝說她升六年級的時候，你女人就拋下家，走了。問她爲什麼，她也笑紋紋地說，生活太累，太苦，我媽過不下去吧。那你怎麼不怕苦？你女兒說了，我要是也怕苦，我阿爸誰來照顧？阿木，你聽一聽，十幾歲的女孩講的話。

聽說了你女人寶貴丟下你父女逕自去，我也氣，也捨不得。寶貴是湳寮你阿嬷那邊的親戚。當年，人家沒嫌咱家窮，親上加親，最好了。入了我們的門，只差不愛說話，好女德呀。月枝說她母親怕苦，走了，我自是不信。湳寮人種地作穡吃重，這是出名的。男男女女都從死裡作回頭。進了我們家，寶貴和你兩人透早出門，暗暝入門，看她作得也歡喜甘願。寶貴會走，必有緣故。你要給我講個明白。你沒有小妹，寶貴就像我女兒。說她不能喫苦走了，欣木，我信不下去。

咱們這個月枝，十二歲出頭，煮飯做菜，打掃、洗衫，樣樣都會，幫我把一個豬欄樣的家，沒有幾天就打理乾淨了。你們白天上工，照這麼看，你們家事輕重全是我這孫料理的。月枝來我這兒升國中，成績也差不多。這麼乖巧的孫，未滿十七歲那年、正說要去讀商業高中，她跟了一個外地來的理髮師傅跑了。

阿木，這些你都不知道了。你怎麼會知道？你四界到處去流浪、當羅漢腳，我們公孫倆有個三長兩短，你也不會知道的……呵，我氣呀！那個剃頭師眞在我面前，眞叫我碰到了，我非把他打死不可。我跑到火車站，跑到公路站去追人。今日坐車這麼方便，到哪裡去找人？明月理髮室的老闆罵那個理髮師給每一個去理髮的人聽，說是理髮師帶走了幾件理髮傢俬工具。明月理髮室有三張椅子，兩張給女人家洗頭髮、做頭髮，一張就專理男人的頭。後來才知道，我們月枝時常去看女人洗頭、做頭，還半說笑說要到明月學工夫，但是從來也沒有人看過我們阿枝跟那理髮師講過話。我氣呀，阿木，一個家好好的，你不回來，才出這種事。

不過，實在講啦，我才有責任。那時候，我和五路南北去過南洋做過日本兵的人，正在發瘋哦，瘋著想問日本政府討補償，把日本敗戰後該當發給的恩給，補發給我們。如果我當時不是那麼瘋想、癲想，想要那一筆據說很大一筆日本錢，時常五路南北奔走，兩三天不回來睡是經常的事，否則我也不會讓月枝偷偷跑了我還不曉得。一個十六七歲的女孩，跟著一個有路無厝的剃頭師走了。另外一頭咧，日本東京地方裁判所，在那一年就把我們的上訴駁回來了。阿木，說是我們已沒有了日本國籍，沒有資格領日本國家的「恩給」。彼當時，日本發紅單子來調人，誰能不去？日本人發下軍服讓我們穿上了，就說日本天皇多麼恩典，讓臺灣人能做日本人。「內台一如」。我講這日本話，你就聽不懂了。就是說內地日本人和我們臺灣人平等，都是天皇的好兒子。要我們歡喜甘願，爲日本國、爲天皇陛下拚生死。但是今天要他們比照日本復員軍人發年金，卻又翻面不認人了。

一個乖孫走了。日本人又明說他們不給錢了。阿木你又天涯海角，不知道生死下落。但我總想，你欣木父女，死了也得讓我見屍，活著我要見到人，這我林標死了才瞑目。這樣再經過了七、八年，有一天半夜，有人在敲門。打開門，看見一個年輕女子，雙腳落地，跪著你了。那年輕女子說，阿公，我是月枝。阿木，你女兒月枝回來了。我牽她起來，月枝坐在廚房飯桌邊哭個不停。我的心也痛。這八年風霜，一個十六歲的女孩在社會上滾攪，怎麼能不遭人糟蹋、拐騙、欺負。我倒了一杯水給她。回家了，應該讓她哭個夠。在外頭，要哭都不容易。

但我沒料到，阿木，從頭到尾，她哭的都是爲了她阿爸你。她說，十三歲那年，你把她帶到我們和鎮的公路車站，要她一個人摸路回來跟我住。她說欣木你在車上、在車站裡，三番兩次睹咒兼發誓，等到月枝國中畢業那年，一定回來帶她上臺北讀高中，但要她絕不向她阿公透露你的計劃。這我才記起來，月枝國中讀完那一年，扭著不願意去考高中。欣木你害了月枝盼你盼了快兩年，都沒有你的消息。十六歲那年，月枝跟人家跑了，一大半是因爲那理髮師傅答應帶她到臺北找她阿爸。這是月枝說的。

你女兒和明發，那個剃頭師，去了臺北，先包下人家一個機關的福利社理髮部，後來兩人也自己出來在街巷開一個小理髮美容院。初到臺北的幾個月，你女兒每有空閑，就和明發到臺北大橋頭、萬華龍山寺口去找、去問你的下落，竟然都沒有消息。月枝說，經過三、四年，在臺北大橋頭、龍山寺口等人來叫工的人，都換了一批了，再沒有人記得我阿爸了。我問你女兒，爲什麼這許多年也不給她阿公一個消息。你女兒說了，當初時，跟著明發到臺北，阿公一定氣得饒不了她。她以爲除非有一天她能找到你欣木，一道回家，她阿公才會饒過她。她這樣講，就不知道你們父女個性這麼相像。

直到有一天落著大雨，你女兒說，都快大半夜了。雨下得像大盆水從天上倒下來。月枝雖然撐著小傘，衣服裙子都打溼了。月枝說她半跑半走，躲到一家早已關門的銀行的騎樓躲雨。這時她就在身邊看見一個流浪漢抱著自己的一捲被舖，蹲在走廊上，躲著濺進來的雨花，望著街上疾馳的車子。

即使是黑暗的雨夜，月枝藉著街燈，幾乎一眼就認出了改變了模樣的你。月枝說她叫你一聲，阿爸，我是女兒月枝，你們這就相認了。就在那雨夜的走廊下，月枝說你們父女哭一回，說一回。你告訴她日僱工不好做。年齡大了，沒人要你。你只剩下粗重、工資便宜的工可以做。公司搬家去當搬運工，到工廠清洗油槽，再不就是當長途運貨卡車的捆工。到後來，終於再也沒人來找你當零工了。阿枝說，她問你，這麼多年怎麼就沒想回去找她阿公。你沒說話。月枝說她想到你吃了多少苦，就哭個沒停。你沉默地望著雨勢漸歇的馬路。你忽然對阿枝說，阿枝，你帶我回去你阿公家。月枝大哭。你說月枝不要哭。天色濛濛亮起來了。你先回去準備好，我等你回來帶我去剪頭髮、洗澡、換衫褲。我照實說，欣木你的心肝也太梟狠了。月枝翻過頭，搭計程車回家，抓了一把錢，和她男人明發趕到，前後不到一個小時，走廊下只剩下你的鋪蓋和一個大紙袋裡骯髒的換洗衣物，卻已看不見你的踪影。

欣木，現在天也快亮了。一整晚，這巷弄除了有一個醉漢走進來嘔吐，吐完了還撒了一泡長尿，一直就沒有你的踪影。我照實說，阿火帶我來這兒，一看是空空蕩蕩，特別是沒看見你的鋪蓋，我就想，你一定是又走了。你不可能知道今天我會找來才躲著我。我只能說，一定是我們歹命的父子還沒有緣份。你又走了。天涯海角，明明有一個家，你偏偏要這樣流浪。你女兒找不到你，幾天都不言不語。這是後來她男人告訴我的。她突然向他男人要離緣。不論怎麼說，非離不可。阿發，我對不住你。你女兒對她男人說，我再不能守在美髮廳過日。我得到處去把我阿爸找回來。她離開了明發，北、中、南都去拉保險，賣健康食品、做美容師，當餐廳領班……每到一個地方，打探哪裡有街友，她就到那裡找人。

一般人都說，流浪的「街友」都是只要吃、不幹活的懶漢。別人我不知道。我兒欣木就絕不是這樣。把媳婦寶貴娶進我們家門的前後，你早起晚歸。下田作穡，村子裡哪個小伙子能跟你比評？那時候，我看著你出力作、甘願作，我就會想起在南洋的叢林裡接到軍郵，報知你娘爲我生下了一個男孩的事。欣木，你不會知道的。一個人在凶險的戰地，即使在二線的軍伕軍屬，只有每天還活著的一分一秒才算還活著的。

下一分、下一秒，是死是活，沒有人能算到。因此，你和你的親人、家族、故鄉……全斷了線。算不到能不能活著回去相見的親人和故鄉，其實已經和你沒有了關係。可是那一封軍郵卻頓時在我和嬰兒的你、連帶是嬰兒的媽，嬰兒他阿公，拉上了一條又粗又韌的牽線。活著回去，突然就變得極爲重要了，而且無來由地相信我一定要回去，一定能回去，只因爲我有了自己的骨肉。我把那封軍郵摝在口袋，不時拿出來讀。阿木，那信紙都讓我讀爛了，但每一處模糊、消褪的字跡，我都能清楚記得，一直到在森林中逃美國兵時遇到的那幾天大雨，終竟把那封信淋成口袋裡的一團紙漿了。又有一回，在深山林內，確實知道了日本戰敗。日本人哭，日本人自殺。不少臺灣人也跟著哭，感覺到自己前途茫茫。怪奇的是，日本打輸我也沒有欣喜若狂，但我的內心卻篤定得很，篤定我終於眞能活著回家看到我兒，並且在別人垂頭喪氣的時候，不住地推算你有幾歲了，捉摸著你應當長得多高。

從菲律賓坐土（煤）炭船回來臺灣，在高雄港下船，東張西望，沒看見你娘抱著你來接人，心臟突突地跳個沒停。辦公的一個外省人和一個臺灣人接了我們，發給一點路費，叫我們自己回家。我到家那天，家裡來了左鄰右舍和幾個窮親戚。你姨婆說你阿母前一年才過世。窮病不治呀，你姨婆哭嚎著說。阿標轉來了，是喜事，不要嚎。一個鄰居說。在那一霎時，我看見躲在姨父身後的一個小孩。他長得多麼好呀，我的兒。我想。你長了一雙略突的大眼，雙眼皮刀刻一樣。我一看就知道是我兒。你的眼睛不像我，但太像你阿母的了。太親像了。我那滿臉皺紋和淚痕的姨父把你推給我。「叫阿爸。」我姨母說。你嚇哭了。我這才放聲大哭……

欣木，你要回家來。是什麼苦情呀，讓你流浪喫苦，你總得講明白。我老了。別日我不能起來穿前夜上床時脫在床腳下的鞋子，我還得要有個人把我洗好、穿妥，裝進棺材，點幾枝香送我上山去。現在天已經亮了。人家的廚房裡飄出了煎蛋的香味。上一回，月枝讓你跑了。這一回，老父又沒有見到你。但是生要見人、死要見屍，我一定要找到你才瞑目。你回家來吧。

林標拎著表侄孫阿火爲他買的一小塑膠袋零嘴，拖著疲倦的身子，走出了巷弄。巷弄外是人車逐漸熙攘起來的大馬路。欣木，你這戇兒，你這不孝兒。林標對著這逐次甦醒的城市無聲地說，眼中閃著淚花。

林標在返回和鎮的公路車上睡著了，夢見聽說是滿臉鬍子的兒子欣木就睡在忠孝公園的角落上的小涼亭裡……

7

馬正濤到臺北給李漢笙上墳回來不久，身體卻忽然無來由地感到虛弱。現在他已經很少到忠孝公園去甩手了。過完陽曆年，原本難得有冷天的、這偏於南臺灣的和鎮，突然襲來了打從蒙古草原匯流而來的強大的寒流。然而大選的熱度卻在全島各地節節升溫。許多幾年不通音問的老同志從各地打電話給他，咒罵臺獨。「老馬，眞要叫他們上了台，我們外省人，死無葬身之地呀。」一個山西籍的、退休了的曹廳長說。「不會的了。」馬正濤說，「國民黨玩選舉，進攻不足，守衞政權有餘。當年我們幫著黨搞選舉，是怎麼組織動員的，你都記得。」曹廳長說馬正濤躲到鄉下十幾年，早已經不知道形勢大變了。曹廳長極力叮嚀馬正濤，一定要選「宋先生」。祝景幾次來電話也是一樣。「我投我的國民黨。」馬正濤說。「要是你爹還在，也會跟我一樣。沒有國民黨就沒有了馬正濤，沒有了祝大貴。」祝景隔著南北電話，大著膽子罵國民黨總統：「國民黨早沒了，馬伯伯，早被人搞垮了。」祝景懇求似地說。祝景接著說，現在外省人過日子，表面上從從容容，骨子裡駭怕呀。只要有臺灣人在場，就絕不敢說出肚子裡的話，還結結巴巴地學閩南話。「馬伯伯你……你年歲大了。我和我媳婦兒子沒有能力搬到美國、加拿大去住，一走了之。」祝景說，「但我們不能每天每天一家子過擔心受怕的日子。」馬正濤沉默了半晌，說，「離開了國民黨，宋先生就連他自己也保不了，他還能保護誰？」馬正濤沒想到祝景生氣了。「好。馬伯伯，您繼續睡覺做夢。」祝景冷著聲音說，「到時候，怎麼死的，您自己還不知道。」

馬正濤一驚，用力掛掉了電話。

「這孩子放肆了。」馬正濤一個人嘟嚷著說。

大選揭曉，國民黨果眞失去了在臺灣的江山。馬正濤一個人在家裡發了幾天傻，不能理解這對他而言是天翻地覆的大變故。接連半個月，他在電視螢光幕上看到了成千個揮舞著青天白日滿地紅旗的外省老人，嘯聚在臺北總統府的廣場上。馬正濤在大陸上看過多少被「奸匪」利用的學生、新聞記者、教授和民主人士鼓動成千上萬的羣衆，要打倒國民黨的示威和遊行，但他從來也沒有見過成千累萬、像他一樣把國民黨當做歸宿，當做親娘，當做庇蔭的人都聚集起來，在博愛特區上國民黨五十年權力的象徵——總統府前鼓噪，表達他們對國民黨喪失了政權的絕望、忿怒、恐懼和悲傷。

第一次，馬正濤從螢屏上的吶喊、老淚和忿怒中，明白了祝景在電話中透露的，深深的徬徨、不安與恐懼。

頃刻間，馬正濤感覺到彷彿他半生的記錄都成了白紙；他的戶口簿上的一切記載消失了，他的存款簿剩下一片空白，他的身份證上的註記不見了，他的黨證、退役官兵證件上的記載全都褪色，無法辨讀。他那從舊滿州憲兵隊、而軍統局、而保密局、終而警備總部這半生的綁架、逮捕、拷問、審判和處刑，都曾經因屹立不搖的國民黨而顯得理所當然，理直氣壯，而沒有自我咎罪的夢魘。自今而後，那密密地封存在各個機關裡的，附有他親筆簽註的無數殺人的檔案，難保沒有曝光公開的一日。他成了墜落在無盡的空無中的人。他沒有了前去的路途，也沒有了安居的處所。他彷如忽然被一個巨大的騙局所拋棄，向著沒有底的、永久的虛空與黑暗下墜。

馬正濤變瘦了，變得足不出戶。他開始整理櫥櫃抽屜，把一些文件和證件集中起來。他從一個箱子的箱底摸出一副銅手銬。這副銅鐵合金的手銬，從舊滿州時代就在他的箱子裡跟著他半輩子。這幾日間，每天晚上，馬正濤在燈下聚精會神地以擦銅油逐漸把被時間長期銹蝕而變成暗赭色的手銬，擦得像黃金般閃亮。馬正濤再給手銬上機油，只要輕一碰觸，那帶著齒牙的銅手銬就立即潤滑地打了半個圓圈銬上。在東北的時光，他在多少青年的手腕上輕輕地用經常上足機油的這把手銬一敲，手銬就輕巧敏捷地咬住了青年們的手踝，越是掙扎，越是咬緊。馬正濤總是感到樂趣。

約莫一個月之後，人們循著異味，在馬正濤那家孤獨舊屋裡，發現馬正濤在睡床上被一把金黃的手銬反銬著的屍體。他的整個頭被密實地套進一個大塑膠袋裡。地上有一小堆燒過的文件。一把同樣金光閃鑠的手銬鑰匙被遠遠地丟在臥室的門邊。馬正濤那不喜自笑的嘴角，掛在他那半睜著眼睛的臉上，顯出無法讀透的深深的悲愁。

在隔日報紙地方版社會新聞的一小角，刊登了這樣一則並不顯目的消息。

「房內絲毫沒有打鬥掙扎的痕跡，但警方認爲尙不能完全摒除他殺的可能。全案正在進一步調查中。」

8

林標從高市回來以後，在信箱裡看到月枝的另一封信。她說年底結算，工作很忙，怕要忙過完了年才能帶朋友回家。這時大選的形勢逐漸沸揚起來了，幾乎牽動著各地男婦老小的心。每天早上，忠孝公園裡的早起的人們，無不談論著大選，而曾金海就尤其的熱心了。他說陳炎雷委員對那一次閱兵十分滿意；說他雖然趕不上當日本兵，但他父親卻是死在南洋的臺灣人日本兵；說那天他看到日本海軍旗迎風招展，「眼淚都要掉下來」。

曾金海坐車、坐飛機，全島北、中、南部奔波，把去了南洋和華南的「戰友」全動員起來了。曾金海說，現在不談復員軍人的恩給了。「他們日本人不承認我們是日本人，那也可以。我們現在只談你日本人敗戰時拖欠到今天的未付軍餉、沒有結算的軍郵儲金……」曾金海說。

「日本精神，講的是信義。」林標說，「欠錢還債，這就是信義。」

曾金海說，看來日本人是要還錢的。只是五十年前的日本錢，拖欠到今天，要怎麼折算？爲了選舉拉票，曾金海特地在南市叫齊了南市周近的十幾個臺灣人原日本兵吃日本菜。

「最先，日本人說乘一百二十倍計算來計算補償。」曾金海說。「我們不肯。最後說兩百倍。再說也不讓。我們也沒有答應。」

日本菜館裡的老人不平不滿地議論著。當時幾千日圓的儲金，按照一百二十倍折算下來，也不過幾十萬。「臺灣人的命，就這麼不值錢嗎？」一個把頭髮染成很刺目的黑色的老人說，「我們只要求依照這五十年物價比率算。我們也不想佔日本人的便宜。欠錢還錢，他日本人也要講一點公道。」

「豈有此理。」有人用日本話說。

曾金海說，他和陳炎雷委員依據各種指數，算出來這五十年間，連本帶利，帶物價指數，應該以一千七百倍算。舉座於是有喜悅的、片時的沉默。「將來換成了我們自己的政府，陳委員和日本政軍界人脈強，代替臺灣人交涉爭取。」曾金海說。「其實，日本人是疼惜臺灣人的。」最後這一句話，曾金海是用了日本語說的。

「爲了勝選，戰友諸君，勝選萬歲！」染了黑頭髮的老人站起來用日語喊著。而舉座的老人都很日本風地三呼萬歲。

三月，果眞就換了一個政府了。「臺灣人的天年了。」曾金海興奮地在電話裡說。

兩個月後，林標聽說了那個會說日本話的、舊滿州來的外省人馬桑，突然死在他那獨門獨院的、舊的獨孤房子裡。救護車嗚嗚地繞過忠孝公園到馬正濤的獨孤房屋，把蓋上白布的屍體運走了。

五月，陳炎雷委員當了資政。但日本交流協會已經很長一段時間直接在各大報上刊登大幅廣告，越過各種索償組織——包括陳炎雷的「戰友會」——要臺灣人原日本兵或其遺屬直接去找日本人洽領兩百倍的補償金。

「這就是說，兩百倍計算，你要領不領。」染了黑頭髮的老頭在電話裡連聲罵娘，「日本人明明要等我們這些人全死光了，這筆帳就消了。惡毒，他娘！」

經不住各地戰友們的催問，陳炎雷資政叫曾金海逐一打了電話。

「新政府是我們自己的了。我們的新政府特別需要外交支持，需要日本支持不能爲難日本，因小失大。這是陳資政說的。」曾金海在電話中誠懇地對林標說。「爲了咱自己的政府，請大家無論如何要體諒。兩百倍就兩百倍吧。」

曾金海是用日本話強調了「爲了國家」這句話的。

「日本人當時不就是以『爲了國家』、『爲了天皇陛下』，騙了多少人死在南洋沒有回來……」林標提高了嗓門對著電話筒嚷起來。

門鈴響過後，開門處是三番兩次推遲了回家日期的月枝和一個灰白了頭髮的男子。

「曾金海你是圖了誰的什麼東西，這樣騙死一片老人？」林標怒聲說，「這些老人沒有被美國炸彈炸死，倒要被曾金海你們騙到死了才甘心。」

林標重重地掛了電話。月枝睜大了眼睛，不明所以地看著林標。「阿公。」月枝說。林標氣沖沖地走進廚房倒水喝。月枝跟了進來。「阿公什麼事生氣？」她說，「客廳那個朋友叫阪本桑。」「怎麼是個日本人？」林標說，從廚房裡看了看客廳裡那個兩手提著大包小包的見面禮的中年的日本人。「你是想嫁給人家做女兒是嗎？」林標悻悻地說。

「阿公！」月枝說。

林標走到客廳。月枝也三十出頭了，他想，可是她朋友怎麼是個日本人？

月枝跟了出來。

「這是我祖父。」月枝用普通話說。「林先生您好。」阪本以濃重的日本腔調的普通話說。月枝把阪本兩隻手上的禮物都接了過去。

「中國話講得好呢，阪本桑。」林標用日本話說。

「我在臺灣做小生意，住了十多年了。」阪本還是用日本腔的普通話說，「講得不好。中國話，很不容易呀。」

「講日本話吧。」林標笑著說。

「啊，是這樣嗎？」阪本如釋重負地笑著用日本話說，「林桑的日本話說得好啊。」

林標愉快地笑了起來。說不出什麼原因，林標自己也常常納悶，一看見日本人，不管怎樣，就油然地感到親愛，心情暢快，一聽見日本話，就自然地調轉舌頭，即使結結巴巴，也充滿熱情地講起日本話。這時的林標早已把日本在補償問題上的鐵石心腸引起的忿恨，抛到九霄雲外了。

月枝開始在廚房裡忙著做幾樣酒菜。猜想她阿公林標正在談著南洋的戰場，看來進門時她阿公的某種怒氣已經煙消雲散了，她想。她端上第一道菜，也擺上兩瓶冰過的啤酒，回到廚房繼續做菜。

阪本把啤酒喝得滿臉通紅，林標的臉卻越喝越蒼白。

「我曾做爲一個日本人，爲了日本，出去打了仗。」林標說。

「敗戰時，我才五歲。日本人幾乎都成了一無所有的乞丐。」阪本說，「戰爭很可怕，是吧？」

「那是很可怕。」林標的舌頭有些打結了，「可是，那時候，日本人告訴我，爲了國家，爲了天皇陛下，要像一個眞日本人那樣戰死。」

阪本不安地、漲紅著臉笑著。「可是現在的日本人，已經很少人去理會國家呀，天皇呀……」

「那麼你是說，我們受騙了。」林標臉上笑著，逼視著有些侷促不安的阪本。月枝看到她阿公有些激動起來了。

「阿公，不要喝多了。」月枝聽不懂所有的日本語對話，擔心地用閩南語溫婉地說。

「沒關係，再給我倒一杯。」林標也用閩南話對月枝斥責似地說，蒼白的臉上滲著汗珠。

「那時候，日本人，要我們以一個無愧的、日本戰士、去赴死。」林標的舌頭變得更加遲鈍了。「可是，碰到補償問題，日本人就當著你的面，明明白白地說，什麼呀，你們，不是日本人！」

「啊，對不起，是什麼賠償呢？」阪本怯怯地笑著說。

「哈。日本人甚至還不知道要對臺灣兵補償。」林標狀若愉快地笑著說，但眼色透露著忿怒。

「眞是對不起。」阪本感覺到氣氛在僵硬著。他不知所措了。

「打仗的時候，你們要我們以『天皇之赤子』去送死……」

阪本紅著臉，不安地看著坐在一旁的月枝。

「阿公，有客人在，聲音不要那麼大。」不明就裡的月枝憂心地微笑著說。

「實在對不起。」阪本滿頭大汗，怯怯地在座位上欠身說。

「現在你們又說，我們又不是日本人了，不給錢！這不是……不是對不起的問題。」林標睜大眼睛說，「我問你，我，到底是誰？我是誰呀！」

林標咆哮了。他開始抽泣。

「林桑……」阪本吃驚地說。

「日本人騙了我。」林標哭著說，「巴不得我們這些人早些死光，呑吃我們的軍餉和軍郵儲金。」

「阿公，你是怎麼了？」月枝皺著眉頭說。

「現在，又輪到我們自己的人，說，爲了國家……要聽日本人的。巴格鴉羅，騙來騙去呀，騙死一片可憐的老人呀……」

月枝的臉上有一陣怒意。

「阿公，論日本人，你這輩子見得還少了嗎？」月枝用閩南語說，聲音有些顫抖了，「你怎麼這樣鬧酒，這樣削我們的體面！」

她站了起來，隨手拿了自己的手提包，走出了家門離去。

「我是誰呀——」林標用日語哭嚎著，「我到底，是誰呀——」

「林先生，林桑……」

阪本手足無措地說。

忠孝公園已經暗得只見幢幢黑色的樹影了。林月枝繞過了忠孝公園。阿爸，我要找你回家。阿公老癡了，你一定要回來。她想著。她在忠孝公園對面的路口，攔住計程車走了。

二〇〇一年六月六寫竟，六月十九日定稿

——二〇〇一年七月《聯合文學》二〇一期

洪範文學叢書 306
陳映眞小說集 6〔1995–2001〕

忠孝公園

著　者：陳映眞
發行人：孫玫兒
出版者：洪範書店有限公司
臺北市廈門街一一三巷一七—一號二樓
電話　（〇二）二三六五七五七七
傳眞　（〇二）二三六八三〇〇一
郵撥　〇一〇七四〇二—〇
行政院新聞局局版臺業字第一四二五號
法律顧問：陳長文　蕭雄淋
初　版：二〇〇一年十月

定價二二〇元
（缺頁破損裝訂錯誤請寄回調換）

ISBN 957-674-220-X